O ESCRITOR FANTASMA

Edgar J. Hyde

Ciranda Cultural

...ternacionais de Catalogação na Publicação (CIP)
(Câmara Brasileira do Livro, SP, Brasil)

Hyde, Edgar J.
  O escritor fantasma / Edgar J. Hyde ; [tradução Silvio
Antunha]. – Barueri, SP : Ciranda Cultural, 2015. – (Hora do
Espanto)

  Título original: Ghost Writer.
  ISBN 978-85-380-0843-9

  1. Ficção juvenil I. Título. II. Série.

15-02227   CDD-028.5

Índices para catálogo sistemático:

1. Ficção : Literatura juvenil 028.5

© 2009 Robin K. Smith
Esta edição de *Hora do Espanto* foi publicada
em acordo com Books Noir Ltd.
Título original: *Ghost Writer*

© 2012 desta edição:
Ciranda Cultural Editora e Distribuidora Ltda.
Tradução: Silvio Antunha

1ª Edição
www.cirandacultural.com.br
Todos os direitos reservados. Nenhuma parte desta publicação
pode ser reproduzida, arquivada em sistema de busca ou transmitida
por qualquer meio, seja ele eletrônico, fotocópia, gravação ou outros,
sem prévia autorização do detentor dos direitos, e não pode circular
encadernada ou encapada de maneira distinta àquela em que
foi publicada, ou sem que as mesmas condições sejam
impostas aos compradores subsequentes.

Sumário

Hora de Mudar	4
O Embrião de Escritor	9
Uma Noite Perturbadora	13
Pesadelo Recorrente	27
A Trama se Complica	33
Um Aviso	42
Em Busca de Pistas	47
A Busca Continua	56
Um Ritual Chocante	60
A Sala de Aula	66
O Pesadelo Volta	73
Uma Descoberta Aterradora	80
Visitantes Noturnos	86
Uma Visita à Escola	91
O Sonho Final	106

Capítulo 1

Hora de Mudar

Era sábado à tarde, quase ao anoitecer. Charlie, Neil e Kate faziam as malas e preparavam-se para mudar de casa. Eles ficaram ocupados recolhendo as poucas bugigangas e os objetos que restaram nas gavetas e nos armários antes que o caminhão de mudança fizesse a última viagem levando as coisas deles para a casa "nova".

Charlie era o mais velho de todos e tinha 15 anos de idade. Usava o cabelo loiro repartido no meio e tinha uma aparência descuidada. Neil tinha 13 anos, altura mediana, olhos castanhos escuros e o cabelo castanho aparado. Kate, a irmã deles, era quase da mesma altura com cabelo loiro de comprimento médio e misteriosos olhos escuros. Tinha 14 anos de idade.

Os jovens estavam se mudando para uma casa maior, mais antiga, com um jardim imenso, do outro lado da cidade.

– Essa não! Não! – gritou Neil, de seu quarto.

Charlie e Kate correram para lá.

– O que houve? – perguntou Charlie.

– Não consigo achar os meus jogos de computador – respondeu Neil.

O Escritor Fantasma

– Já foram encaixotados, lembra? – disse Kate. – Você os colocou na caixa que estava na porta do quarto.

– É mesmo... – lembrou Neil aliviado.

– Seu tonto! – disse Charlie. – Eu seria capaz de matar você se tivesse perdido meus jogos. Eles custam os olhos da cara.

– Você devia ter encaixotado o seu material, Neil. Papai espera a gente lá embaixo, pronto para ir embora, em 5 minutos – disse Kate.

– Vamos! – chamou o pai, de repente, lá de baixo. – Tragam junto as suas coisas, vamos embora!

– Vamos! – disse Neil.

– Certo, vamos! – concordaram Charlie e Kate.

Charlie deu mais uma olhada em seu quarto agora vazio antes de pegar a última caixa com suas coisas e descer.

– Vamos lá, Charlie! – chamou Neil, que já estava no carro com Kate. – Vamos embora!

– Podemos ir – replicou Charlie, atirando sua caixa de qualquer jeito no interior do caminhão. Em seguida ele se jogou na parte de trás do veículo.

Assim que Charlie se ajeitou, o pai acionou o motor e eles partiram. Às oito e meia chegaram à casa nova e, como era final do mês de outubro, outono no Hemisfério Norte, a escuridão era total.

A casa ficava do outro lado da cidade e era muito maior do que aquela que eles acabavam de deixar.

Hora do Espanto

Também era bem mais antiga. As paredes, em estado crítico, exigiam reparos. As janelas eram altas, com arcos pontiagudos, e refletiram o brilho dos faróis quando o carro virou na entrada. Nos últimos dois meses, o pai fez os consertos mais urgentes, mas a casa ainda precisava de uma reforma completa.

Os jovens pularam da parte de trás do veículo e acompanharam seus pais pela trilha até a porta da frente. O pai demorou algum tempo girando a chave na fechadura.

– Ainda não tive tempo de lubrificar essa coisa – foi a explicação. Todos caminharam até o saguão e Charlie fechou a porta atrás de si. Ele precisou empurrá-la com força, já que ela não fechava.

Atrapalhado, o pai procurou o interruptor. Ao localizá-lo, ligou a luz. As lâmpadas ficaram acesas por alguns segundos, depois piscaram e, finalmente, apagaram.

– Droga! – exclamou o pai. – Vou ter de olhar a caixa de fusíveis. Charlie, vá buscar a lanterna no carro.

– Tudo bem, pai – obedeceu Charlie.

Charlie pegou as chaves com o pai e de novo abriu a porta da frente. Seguiu pela trilha até chegar ao carro. Colocou a chave na fechadura e girou. Depois de escutar o ruído do motorzinho da trava central zunir, ele abriu a porta traseira do lado esquerdo e pegou

O Escritor Fantasma

a lanterna na bolsa que ficava nas costas do assento dianteiro.

Testou o equipamento ligando e desligando. Depois, trancou o carro e voltou apressado.

Quando fechou a porta da casa, encontrou apenas o pai esperando.

– Onde estão os outros? – perguntou Charlie enquanto devolvia as chaves para o pai.

– Foram para a cozinha – replicou o pai. – Junte-se também a eles e ajude a fazer alguma comida. Vou sozinho verificar a caixa de fusíveis.

– Tudo bem, pai – respondeu o menino.

Na cozinha, ele encontrou o fogão a gás aceso, o que iluminava um pouco o ambiente. Neil tentava acender a velha lareira. Kate e a mãe estavam sentadas, uma de frente para a outra, conversando baixinho, na antiga mesa da cozinha, que já estava na casa. Charlie sentou-se perto delas e ficou observando a tentativa de Neil acender o fogo.

– Você não vai conseguir fazer isso – zombou Charlie.

– Quer apostar quanto? – retrucou Neil, arrogante.

– Acho que uma semana de mesada está bem. Aposto que você não consegue acender o fogo antes da eletricidade voltar – respondeu Charlie.

– Então vamos ver! – respondeu Neil.

Hora do Espanto

Nos dez minutos seguintes, o menino observou o irmão tentando acender a lareira. De repente, sem aviso, uma luz piscou no corredor, vinda da direção do saguão. A luz diminuiu, depois firmou e permaneceu constante.

– Dinheiro na mão, por favor, Neil – falou Charlie, vitorioso.

– Certo. Nunca mais aposto nada com você – retrucou Neil, entregando o dinheiro para o irmão mais velho.

– Agora estamos quites. Não lembra que ontem eu perdi aquela aposta para você? – disse Charlie.

– Vocês dois precisam parar de apostar – interrompeu Kate. – Assim vão acabar perdendo todo o dinheiro que têm.

– Ou ganhando – ironizou Charlie. Neil riu.

– Talvez ela tenha marcado um ponto, Charlie, pois eu sempre perco...

– Então não aposte mais – concluiu Charlie, quando o pai entrou.

– Tudo bem, pessoal. Vocês querem comer, ou vão direto para a cama? – perguntou.

– Queremos comida! – replicaram os jovens.

Depois de uma rápida refeição, foram para os quartos escolhidos e caíram nas camas que haviam arrumado no dia anterior. Todos dormiram assim que encostaram a cabeça nos travesseiros.

Capítulo 2

O Embrião de Escritor

Na manhã seguinte, Charlie foi o primeiro a acordar. Ele se lavou, se vestiu e depois olhou para o relógio.

Eram oito e meia e não havia nada para fazer, então ele resolveu começar a trabalhar em seu mais recente conto para a revista semanal do clube de jovens da região. Gostava de fazer isso e escrevia uma história nova para cada edição. As histórias ocupavam apenas uma página da revista, mas Charlie esperava algum dia escrever um romance completo. No momento, estava fazendo uma série, por isso escrevia agora para várias das próximas edições.

Ele sentou-se com a caneta e o bloco de papel e pensou por um instante. Depois começou a escrever.

Às nove e meia, Neil apareceu na sala e disse:

– Bom-dia, Charlie. Hora do café da manhã. Papai acabou de preparar ovos com bacon.

– Eu vou em um segundo – respondeu Charlie.

Charlie olhou para seu bloco de notas e terminou a frase na qual trabalhava. Colocou a caneta cuidadosamente ao lado do papel e levantou-se.

Na cozinha, o pai acabava de servir ovos, bacon e torradas nos pratos que estavam sobre a velha mesa deteriorada da cozinha.

Hora do Espanto

Ele olhou quando Neil entrou seguido pelo irmão.

– Bom-dia, Charlie – cumprimentou-o alegremente.
– Dormiu bem?

– Sim – respondeu Charlie. – E você?

– Bem, obrigado – replicou o pai e sentou-se em seu lugar perto da mãe. – Onde está a Kate?

– Ela vem em um minuto – disse Neil, enquanto também se sentava. – O que vamos fazer hoje?

– Bem, como é o primeiro dia da sua semana de férias, você poderia nos dar uma boa mão para desencaixotar as coisas – falou o pai.

– Grande ideia – acrescentou Kate sem entusiasmo ao entrar na cozinha.

– Você parece contente, Kate – comentou Charlie.

– Grande ideia – repetiu Kate com um pouco mais de entusiasmo quando reparou no conteúdo da mesa da cozinha. – Bacon e ovos é tudo de que eu preciso.

– Acho que isso vai animar você – afirmou o pai, sorrindo. – Estou feliz porque você finalmente decidiu se juntar a nós – continuou com certa ironia.

Kate riu e sentou-se no espaço vazio reservado para ela na mesa. Durante alguns minutos o silêncio foi completo, com exceção dos sons de cinco pessoas famintas que devoravam o café da manhã. Finalmente, o pai reclinou-se na cadeira, limpou o rosto com papel toalha e suspirou.

O Escritor Fantasma

– Era exatamente disso que eu precisava! – revelou com um sorriso de satisfação.

– Até parece que você gostou mesmo disso – falou sua esposa.

– Pode ter certeza que sim – ele respondeu.

Os adolescentes limparam a mesa e lavaram a louça, enquanto seus pais tomavam banho e trocavam de roupa. Logo, todos estavam prontos para começar a desencaixotar todas as coisas que haviam trazido da outra casa.

Os móveis haviam sido trazidos alguns dias antes e já estavam colocados em seus devidos lugares. Tudo o que a família precisava fazer era desempacotar objetos pessoais como roupas e acessórios.

Os adolescentes começaram a desembalar seus próprios pertences e a arrumá-los nos armários e nas gavetas. Por volta das seis, eles quase já haviam terminado de ordenar seus quartos. Decidiram encerrar o dia de trabalho e deixaram o restante para guardar no dia seguinte.

Depois do jantar, Kate e Neil jogaram videogame, enquanto Charlie tentava terminar seu conto. Às nove horas, os adolescentes decidiram dormir e foram para a cama.

Charlie colocou a caneta e o bloco de notas perto da cama e leu para si mesmo as últimas palavras que havia escrito:

Hora do Espanto

James ajoelhou-se e tentou levantar a tampa da caixa que estava emperrada.

Ao se ajeitar na cama, Charlie imaginava como poderia continuar a trama. Ele ainda meditava nisso quando adormeceu profundamente:

Capítulo 3

Uma Noite Perturbadora

– Acorda, Charlie.

Charlie sentou e esfregou os olhos.

– Como? – perguntou, ainda sonolento.

– Eu disse, acorda, Charlie – insistiu Neil, de pé no vão da porta – são nove horas.

– Tudo bem – respondeu Charlie sacudindo a cabeça e perguntando-se por que não havia acordado antes. Não costumava dormir por 12 horas. Espiou o relógio ao lado da cama, para conferir se eram mesmo nove horas. Conforme seu olhar varreu sua mesa de cabeceira, deparou-se com seu bloco de notas. Quase sem saber a razão, ele o pegou e leu as últimas palavras anotadas:

> *De repente, a tampa voou longe e a mão de James escorregou. Sua mão resvalou em um prego cravado na lateral da caixa. Ele apertou a mão conforme o sangue começou a jorrar por um talho em seu dedo indicador.*

Charlie permaneceu ali por alguns segundos, perplexo com aquelas palavras que ele não conseguia lembrar de ter acrescentado no final da história na

Hora do Espanto

noite anterior. Mas não deu maior importância ao fato, achando que ele devia ter acordado e escrito durante a noite. Talvez por isso ele havia acordado tão tarde naquela manhã...

Recolocou o bloco de notas sobre a mesa e saiu. O que ele deixou de perceber era que embora tivesse escrito a história à caneta no dia anterior, a nova frase, apesar de escrita com sua própria caligrafia, havia sido escrita com caneta-tinteiro. O café daquela manhã não foi tão elaborado. Charlie comeu cereais com um copo de suco de laranja e, depois, desencaixotou e arrumou suas coisas, antes de ajudar seus pais a guardar todos os itens da cozinha em seus devidos lugares.

Lá pelas quatro e meia, Charlie e seus pais terminaram de organizar a cozinha e estavam prontos para arrumar o resto da casa. Kate e Neil ajudaram e, por volta das oito horas, já haviam realizado metade da tarefa. Depois de um dia de trabalho conjunto muito proveitoso, a família decidiu encerrar o serviço do dia e os pais começaram a preparar o jantar. Charlie, Kate e Neil jogavam cartas na grande sala de jantar. Essa sala estava pouco iluminada e tinha uma grande mesa redonda no centro.

Os adolescentes estavam sentados ao redor da mesa.

– Ganhei! – exclamou Neil. – De novo!

O Escritor Fantasma

– Droga, como você consegue fazer isso? – perguntou Charlie, atirando algumas moedas para Neil.

– Provavelmente ele trapaceou – disse Kate, também arremessando umas moedas na direção de Neil.

– Que tal outra partida? – perguntou Neil, ignorando o comentário de Kate. – Vamos aumentar um pouco as apostas? Vou acabar com vocês.

– Oh, que dinheirão! Tudo bem – disse Charlie arremessando mais moedas no centro da mesa.

– Acompanho você – disse Kate fazendo o mesmo. Os jovens continuaram o jogo até perto das nove horas. Nessa hora, Charlie decidiu que tinha perdido um bocado de dinheiro para Neil e queria prosseguir seu conto. Deixou Kate e Neil jogando cartas e foi para o quarto. Mas sentiu-se um pouco solitário no andar de cima e resolveu voltar para a sala de jantar e escrever na poltrona perto da janela.

Na sala de jantar as mesas estavam viradas e Kate tinha acabado de recuperar o dinheiro que havia perdido para Neil. Os jovens não apostavam grandes quantias de dinheiro, pois jogavam cartas apenas por diversão.

Charlie sentou-se na poltrona perto da janela, tendo a escuridão da noite lá fora como pano de fundo, e pensou um pouco, enquanto mordia a caneta. Depois, começou a escrever.

Hora do Espanto

Escreveu durante uma hora e, às dez horas, já estava com meio caminho andado para a segunda parte da série.

Kate e Neil estavam guardando o baralho e Charlie virou a última página de seu bloco de notas em busca de uma folha de papel em branco. Levou o bloco de notas para o andar de cima e novamente deixou-o ao lado de sua mesa de cabeceira antes de tomar um banho e cair na cama.

Por meia hora ele leu um livro, até que, faltando 15 minutos para as 11 da noite, jogou o livro sobre o bloco de notas e apagou a luz ao lado da cama. Adormeceu em poucos minutos.

* * *

De repente, Charlie despertou sobressaltado. Estava num outro quarto e sentiu que havia caído em uma armadilha. A porta estava quase fechada com tijolos. Um rosto espiou dentro do quarto e gargalhou antes de colocar outro tijolo na parede que bloqueava a porta. Logo veio o último tijolo e o último feixe de luz tremulante, talvez de luz de vela, desapareceu e ele ficou sozinho no escuro. Começou a pedir socorro, mas sua voz era abafada pelas paredes. Chamou várias vezes. Começou a entrar em pânico conforme seu coração batia mais rápido. Levantou-se e cambaleou para frente. Bateu na parede e recuou. Perambu-

O Escritor Fantasma

lou desorientado pelo quarto e havia perdido o sentido. Bateu em um canto e cambaleou para trás. Foi de encontro à outra parede e começou a bater contra os tijolos, depois passou a arranhá-los, na tentativa de escavar o caminho com as unhas, enquanto gritava para que o deixassem sair. Charlie passou a cambalear com o ar viciado e o oxigênio rarefeito do quarto. Lentamente começou a sufocar. Charlie recuou um passo e parou de gritar antes de desmaiar repentinamente. Quase não sentiu quando bateu no chão de pedra. Antes de perder completamente a consciência, ouviu uma gargalhada demoníaca ecoar a distância. Então, seu corpo debateu-se no chão e Charlie sufocou lentamente até a morte.

Charlie sentou sobressaltado. O fraco sol de outono brilhava pela janela e ele estava na cama, completamente encharcado em suor frio, com os lençóis firmemente enrolados em volta de seu corpo. Relaxou e suspirou, tinha sido apenas um pesadelo. Lembrou-se daquilo e tremeu só de pensar, pois tudo pareceu muito real e assustador. A sensação de claustrofobia que ele havia sentido voltou por um instante. Charlie logo se acalmou e passou a se perguntar o que teria para fazer naquele dia.

Com o sonho temporariamente esquecido, Charlie se levantou e tomou banho. Ele se vestiu e pegou

Hora do Espanto

o relógio na mesa de cabeceira, perto do bloco de notas, com meia página de seu texto nela. Em seguida, desceu até a cozinha e preparou, ele mesmo, um rápido café da manhã antes de ir para a sala de estar, onde encontrou Neil assistindo à televisão, sentado no chão.

– Bom-dia, Neil! – cumprimentou Charlie.

– Bom-dia! – respondeu Neil, roendo a unha do polegar.

– O que está passando na TV? – perguntou Charlie.

– O de sempre – respondeu Neil. Ele se levantou e se acomodou no sofá antes de cravar o polegar de volta na boca.

Eles assistiram à programação matinal da televisão por meia hora antes de a mãe descer e pedir que eles fossem buscar alguns mantimentos no mercadinho próximo. Eles seguiram pela estrada esburacada, caminhando em um ritmo vagaroso.

– Como vai a história? – perguntou Neil enquanto andavam despreocupados lado a lado na rua.

– Bem – respondeu Charlie vagamente, conforme subiam no gramado à beira da calçada para deixar um carro passar. Neil olhou para o rosto de Charlie e viu que ele não estava mesmo interessado no que ele dizia e, em vez disso, estava pensando.

– No que você está pensando? – perguntou Neil.

O Escritor Fantasma

– Em nada, apenas em um sonho – respondeu Charlie, sacudindo a cabeça para se livrar daquelas lembranças.

Cinco minutos depois, eles chegaram no mercado e entraram. O local era desconhecido para eles que antes viviam do outro lado da cidade e, assim, raramente iam até aquela área.

O mercado era bastante antiquado. Em vez das brilhantes luzes fluorescentes mais comuns, havia uma única lâmpada incandescente que pendia do teto. As prateleiras estavam abarrotadas com mantimentos, feitos por fabricantes pouco conhecidos. Todas as prateleiras tinham uma grossa camada de pó, indicando não apenas que ninguém limpava o local com frequência, como também parecia que as vendas não faziam muito sucesso por ali. No caixa, que ficava perto da porta, havia uma máquina registradora e um par de cofrinhos de caridade. Não havia ninguém na registradora, mas atrás da cortina de tiras ouvia-se o som de um assobio. Charlie pegou um repulsivo cesto enferrujado e os garotos começaram a colocar nele os itens da lista. Eles tinham quase terminado quando, de repente, escutaram um grito triunfal vindo do caixa.

– Ah! Bem que eu disse a eles! Bem que eu disse a eles! Mas por acaso eles me ouviram? Jamais! Peguei vocês no ato, roubando-me, desta vez eu peguei vocês!

Hora do Espanto

– dizia um homem velho que saiu de trás da cortina apontando e sacudindo o dedo em riste para os garotos.

– Na verdade, estamos comprando essas coisas – disse Charlie, acenando com a carteira. – Por incrível que pareça – murmurou, olhando desconfiado para uma lata enferrujada de carne, muito suspeita.

– Certo, tudo bem – disse o velho homem acomodando-se de volta na cadeira atrás do caixa. Apressados, os irmãos terminaram de encontrar os últimos itens da lista e em seguida foram para o caixa. O velhote calculou a despesa e cobrou de Charlie. O homem bateu na alavanca da antiquada registradora e passou com dificuldade o troco para os garotos.

– Nunca vi vocês antes – disse o velho. – São novos por aqui?

– Viemos de mudança do outro lado da cidade – respondeu Neil.

– Vou considerar isso como um *sim* – rosnou o velhote. – Mudaram para algum lugar próximo?

– Para a casa que fica na Estrada dos Dois Carvalhos – disse Neil antes que Charlie conseguisse interrompê-lo.

– Há, Háá, Hááá! – gargalhou o velho de repente. – Vocês se mudaram para a *asa mal ajambrada*!

– *Asa mal ajambrada*? – perguntou Charlie. – O que o senhor quer dizer?

O Escritor Fantasma

– Eu quero dizer o que eu digo – sorriu o homem arreganhando os dentes. – Essa *asa é mal ajambrada*.

– Ah, casa mal-assombrada... – disse Charlie sorrindo. – O senhor quer dizer: casa mal-assombrada!

– Certo, isso mesmo, *asa mal ajambrada*.

– Está tudo bem, eu não acredito em fantasmas – disse Charlie.

– Isso é o que todos dizem – afirmou o velhote com um sorriso sinistro – antes de acontecer.

– Antes de acontecer o quê? O que acontece? – indagou Neil.

– Vocês vão ver, crianças – respondeu o velho. – Vocês vão ver.

Com isso, o velhote virou abruptamente e retornou pelo cortinado, rindo.

– Antes do que acontecer? – perguntou Neil novamente, agora mais para si mesmo.

– Nada, ele está apenas tentando nos assustar, só isso – respondeu Charlie, conforme saía da loja. – O cara devia ser despedido por assustar as crianças da localidade.

– Velho pilantra, isso sim! – cuspiu Neil.

– Provavelmente ele fica entediado de trabalhar nessa loja repugnante – disse Charlie, tentando ser justo.

– É verdade, realmente fedia um bocado – respondeu Neil conforme eles começaram a subir a ladeira para a casa.

Hora do Espanto

Os garotos entraram em casa às nove e meia. Nesse horário, todos estavam de pé e ocupados. Kate tinha acabado de tomar o café da manhã e assistia à televisão. Ela levantou os olhos assim que os meninos entraram na sala depois que deixaram as compras na cozinha.

– Oi – cumprimentou.

– Oi, Kate – respondeu Charlie.

– Olá – disse Neil.

– O que vamos fazer hoje? – perguntou Kate.

– Que tal procurarmos no sótão alguma coisa velha deixada pelas pessoas que moraram aqui antes de nós? – sugeriu Charlie.

– Tudo bem – concordou Kate.

– Certo – disse Neil.

No mesmo instante os jovens subiram para o sótão, que estava basicamente vazio, exceto por três velhas caixas em um canto. Charlie abriu a primeira caixa. Era de madeira e, depois de removida a tampa, nada mais revelou além de um pequeno monte de serragem velha. Passou para a seguinte e levantou a tampa. O resultado foi o mesmo, apenas um pequeno monte de serragem.

Desanimado, começou a levantar a tampa da última caixa, que era a menor. A tampa se deslocou e em seguida emperrou. Ele forçou novamente a tampa,

O Escritor Fantasma

mas nem assim a tampa se moveu. O menino mudou o jeito de puxar e tentou de novo. De repente, a tampa soltou, para longe, e ele cambaleou para trás.

– Ai! – gritou conforme o sangue começou a jorrar de um talho profundo na mão esquerda. Olhou para a caixa no chão e viu que devia ter esbarrado a mão em um prego saliente na lateral. Colocou a mão na boca e sugou com força.

– Você está bem? – perguntou Kate.

– Estou ótimo, o que tem na caixa?

– Nada, quer dizer, tem uma coisa, um livro – acrescentou, curvando-se para pegar o livro que estava meio encoberto pela serragem.

– O que tem nele? – perguntou Neil.

– Nada, é só um diário, mas sem anotações. Espera, tem uma sim, aqui no dia 15 de novembro.

– É hoje! – interrompeu Neil.

– Ele diz assim: "Charles, me ajude, eu preciso de ajuda!" – continuou Kate, olhando de relance para Neil.

– Diz isso aí? – perguntou Charlie tomando o livro de Kate.

– Sim – respondeu Kate. – Mas que coincidência ter acontecido na data de hoje!

– E menciona *Charles* – disse Neil.

– Gostaria de saber por que ele precisou de ajuda... – disse Charlie vagamente.

Hora do Espanto

– Por que *ele*? – indagou ela.

– Ou talvez ela – continuou o menino como se não tivesse ouvido Kate.

– Se isso é tudo o que temos por aqui, podemos descer agora? – perguntou Neil.

– Tudo bem, então – respondeu Charlie. – Não há mais nada interessante por aqui.

Os jovens desceram a escada um a um, antes de levarem a escada de volta para a garagem.

. Em seguida Charlie, Kate e Neil não fizeram mais nada pelo resto do dia, apenas ficaram à toa, jogaram cartas e videogame. Ao anoitecer, Charlie não queria se dar ao trabalho de escrever, então apenas leu a história desde o começo atrás de erros. Estava sentado na sala de jantar com Kate e Neil. Leu um trecho da história pouco convincente. Ele se levantou da poltrona perto da janela e foi até Kate perguntar o que ela achava. Depois de a irmã dar sua opinião, ele sentou--se perto dela, em vez de voltar a seu lugar no banco embutido sob a janela. Continuou a leitura, virando uma página de vez em quando. Parou a leitura por um momento para pensar um pouco.

Ele quase não escutava Kate e Neil jogando cartas e olhou ao redor da sala de jantar, para a velha e antiquada estante de livros, que estava na casa quando eles chegaram, para o antigo guarda-louça que ti-

O Escritor Fantasma

nham trazido da casa anterior e para o banco embutido sob a janela com um afundamento no meio do estofado, que tinha ocorrido em razão dos muitos anos de uso. Retomou a leitura de sua história de novo e virou a página rapidamente.

Franziu as sobrancelhas e virou rapidamente a página de volta outra vez.

Esfregou a página entre os dedos para ver se não tinha virado duas páginas.

Charlie não deu maior importância e continuou a ler a página:

> *Ele sentou de volta e observou o ambiente, a estante de livros, o guarda-louça, o banco embutido sob a janela. As duas outras figuras estavam curvadas sobre a mesa, jogando cartas. Uma delas gritou a vitória e puxou o prêmio para si.*
>
> *Em seguida ele espiou de volta para o banco embutido sob a janela. Uma figura fantasmagórica estava sentada ali, tranquilamente sorrindo para si mesma. A pessoa estava ali havia mais tempo do que qualquer um poderia lembrar e ela sempre sentava na janela sorrindo para si mesma.*

De repente Charlie ficou de olhos vidrados e revirou o bloco de notas. Ele não havia escrito aquilo, era

Hora do Espanto

a letra dele, sim, mas não estava escrita com caneta esferográfica.

Charlie lentamente espiou para a janela. A figura fantasmagórica acenou com a mão em reconhecimento. Charlie só pôde perceber um sorriso sob a sombra escura da boina que a figura usava.

– Neil, Kate! – começou Charlie, com a voz tremulante.

– O que foi, Charlie? – perguntou Kate. Ela olhou na direção do olhar amedrontado de Charlie e franziu as sobrancelhas. – O que foi, você viu alguma coisa lá fora?

Charlie piscou e viu apenas a janela e a poltrona:

– Fo-fa-fã-fan – gaguejou Charlie.

– Foi aonde? – perguntou Kate nervosa, olhando de volta para a janela novamente. – O que foi? O que quer que tenha sido, não está mais lá agora.

Charlie balançou a cabeça como se tentasse limpar os pensamentos.

– O que aconteceu, Charlie? Até parece que você viu um fantasma – disse Neil.

– Acho que foi isso mesmo que eu vi – disse Charlie com uma voz repentinamente calma.

Capítulo 4

Pesadelo Recorrente

– Eu terminei no final da última página – disse Charlie. – Mas olhe, de repente apareceu esse texto extra que dizia exatamente o que eu estava fazendo na sala de jantar. Pensando bem, eu notei esse texto extra de manhã, mas não tinha pensado a respeito até agora.

– Tudo bem, Charlie, eu acredito mesmo em você – zombou Neil.

– Mas é verdade! – confirmou Charlie.

– Você deve ter escrito isso na sala de jantar, Charlie – disse a menina em dúvida. – Essa coisa de fantasmas não existe, você assustou a gente, mas está levando essa brincadeira um pouco longe demais.

– Não é brincadeira – insistiu Charlie.

– Tudo bem, Charlie – disse Neil em um tom de voz complacente, reservado ao início de uma disputa fraterna.

– Por que você não acredita em mim? – suplicou o menino desesperado.

– Porque tudo isso soa um pouco improvável – disse Kate, cordial. – Agora eu acho melhor a gente es-

Hora do Espanto

quecer isso. Provavelmente você estava apenas imaginando coisas. – E lançou um olhar de aviso para a mesa, onde Neil só estava esperando uma oportunidade para dizer algo mais. Ele percebeu o toque e resolveu ficar de bico calado.

– O que me diz dessa história, então? – indagou Charlie.

– Você provavelmente escreveu isso antes e depois esqueceu – respondeu Kate sensibilizada.

Charlie cedeu. – Certo, foi provavelmente isso o que aconteceu – suspirou.

– Olá, crianças! – gritou o pai surgindo de repente dentro da sala, fazendo os três adolescentes saltarem. O pai atirou três barras de chocolate na mesa.

– Chocolates para assistir à TV. Nós alugamos um filme – explicou.

Quando eles saíam da sala de jantar para a sala de estar, Charlie, que foi o último a sair, olhou de volta para a janela. A figura fantasmagórica acenou para ele e piscou. Charlie se apressou em sair e bateu a porta atrás de si. Assim que trancou a porta, ele ficou arrepiado e rapidamente seguiu o resto da família até a sala de estar para assistir ao filme. Era uma história de fantasmas. Charlie não ficou nem um pouco surpreso.

Depois do que tinha acontecido há poucos minutos, Charlie não achou o filme nada assustador. De-

O Escritor Fantasma

pois do filme ele pensou a respeito da figura fantasmagórica que havia visto sob a janela e decidiu que ele mesmo devia ter imaginado aquilo. Em seguida, ele perguntou a si mesmo como o texto a mais apareceu em seu bloco de notas.

Depois de reacender o medo que tinha sentido antes, ele relutou em ir para a cama. Como as aulas tinham terminado por causa do verão e os pais não se incomodavam com o horário de dormir, ele perguntou a Kate e Neil se eles não queriam jogar cartas ou algum jogo de tabuleiro, Banco Imobiliário, talvez.

Kate e Neil adivinharam a razão pela qual ele queria ficar acordado, mas não disseram nada, em parte porque o irmão e o filme os tinham aborrecido o suficiente para que eles quisessem que as coisas voltassem à normalidade.

Neil era o melhor em Banco Imobiliário e sempre ganhava. Ninguém conseguia vencê-lo nisso desde que ele tinha começado a jogar. Os irmãos sempre tentavam se unir contra ele quando jogavam, mas de nada adiantava. Charlie se alegrava por não jogarem com dinheiro de verdade. Neil, por outro lado, nem tanto.

– Eu quero ser um navio – disse Neil, pegando o barco em miniatura com o qual sempre jogava.

– Tudo bem, eu serei o carro – disse Charlie.

– E eu a bota – disse Kate.

Hora do Espanto

– Gostaria de saber por que tem um barco aí... – especulou Neil despreocupado.

– E um cachorro – continuou Charlie.

– Suponho que seja a minha vez de dizer: por que tem um chapéu? – disse Kate entediada.

– Isso mesmo – disse Neil sorrindo.

– Vamos começar a jogar? – perguntou Charlie. – Lembre-se de quem você deve perseguir, Kate, se quiser ter uma chance de vencer.

– Neil? – ela respondeu com um sorriso inocente.

– Isso mesmo – disse Charlie atirando os dados.

Depois de uma hora de uma partida disputada de Banco Imobiliário, Neil surgiu vitorioso. Charlie e Kate não ficaram nem um pouco surpresos. Agora os jovens estavam com o moral bem mais elevado e foram felizes para a cama, tendo esquecido o que havia acontecido antes. Cansado, Charlie largou o bloco de notas na mesa de cabeceira e deslizou debaixo das cobertas geladas.

*   *   *

Charlie despertou. Estava novamente no quarto, só que desta vez o vão da porta estava apenas fechado pela metade com tijolos. O mesmo rosto olhou sobre os tijolos e gargalhou para Charlie largado no chão. Dessa vez, o rosto ficou mais fácil de distinguir, Charlie podia agora perceber uma barba

O Escritor Fantasma

nas feições escurecidas. Charlie tentou se levantar e escapar, mas não conseguiu mover o corpo. Sentia-se como se estivesse drogado. O rosto olhou para Charlie novamente e sorriu mostrando os dentes:

– Então, agora você está acordado, seu monte de lama imundo – disse o dono do rosto de repente, olhando para Charlie. – Isso vai lhe ensinar uma coisa.

Charlie tentou se levantar novamente, dessa vez controlando alguns movimentos. Ele começou a se debater no chão, mas era o máximo que conseguia fazer. Acidentalmente, ele bateu a cabeça no chão duro de pedra e ficou inconsciente.

De novo, Charlie despertou sobressaltado. Ainda estava no quarto. A porta do quarto estava quase totalmente fechada com tijolos, ele podia ver o cimento escorrendo entre eles. O rosto espiou dentro do quarto novamente e gargalhou satânico, antes de colocar outro tijolo na parede que bloqueava o vão da porta. Logo veio o último tijolo e o último feixe de luz tremulante, provavelmente de vela ou de uma lanterna, desapareceu, e ele ficou sozinho no escuro. Passou a pedir socorro, mas sua voz era abafada pelas paredes. Ele chamou novamente e novamente. Começou a entrar em pânico, conforme seu coração batia cada vez mais rápido. Ele se levantou e cambaleou para frente. Bateu na parede e resvalou nela. Ficou

Hora do Espanto

desorientado, depois cambaleou em volta do quarto e sentiu que ia cair. Bateu em um canto e cambaleou para trás. Encontrou outra parede e começou a bater nos tijolos, gritando por ajuda. Depois, passou a arranhá-los, tentando escavar o caminho com as unhas, enquanto gritava para que o deixassem sair. Charlie passou a cambalear conforme o ar no quarto se tornava viciado e o oxigênio rareava.

Lentamente começou a sufocar. Charlie recuou um passo e parou de gritar antes de repentinamente desmaiar no chão de pedra. Quase não sentiu o chão duro. Antes de perder completamente a consciência, Charlie ouviu uma gargalhada demoníaca ecoar a distância. Então seu corpo se debateu no chão conforme sufocava lentamente até a morte.

*   *   *

Capítulo 5

A Trama se Complica

A luz brilhante da manhã reluziu pela janela de Charlie, quando ele virou tentando proteger os olhos. Tão logo despertou, lembrou do sonho. Desta vez tinha durado mais, apenas um pouco mais, mas ainda assim mais. Naquela manhã, os lençóis estavam novamente desarrumados, como se ele tivesse se movimentado durante o sono, e molhados com o suor de Charlie.

Charlie sentiu um frio percorrer sua espinha e desejou não ter novamente o sonho naquela noite. Com um esforço consciente para não olhar o texto em seu bloco de notas, Charlie se levantou e se vestiu. Ele lembrou da noite passada e tremeu só de pensar. "O cara da loja no dia anterior estava certo" – pensou –, "a casa é mal-assombrada".

Charlie entrou no banheiro aborrecido e se lavou. Esfregou os olhos e olhou para si mesmo no espelho ofuscado. Seus olhos inchados indicavam sono. Decidiu deitar cedo aquela noite.

Charlie se vestiu lentamente e foi para a cozinha no andar de baixo, onde Kate acabava de consumir cereal.

– Meu Deus, Charlie, você está com uma aparência horrível – ela notou.

Hora do Espanto

– Estou sentindo isso, mas por que você não ficou cansada? – perguntou Charlie.

– Porque não fomos para a cama tarde na noite passada – respondeu Kate.

Charlie repensou um pouco por alguns segundos e franziu as sobrancelhas.

– Você tem razão, eu não fui para a cama tarde, então por que estou cansado?

– Depois você me conta – respondeu Kate dando de ombros. – Talvez você devesse voltar a dormir...

– Não, agora eu estou bem acordado – disse Charlie, bocejando.

– Não é o que parece – comentou Kate.

– Oi, pessoas! – cumprimentou Neil animado, antes de olhar no rosto do irmão e dizer: – Você está com uma aparência terrível.

– Oi – disse Charlie em um tom de voz sumido. – Bom-dia para você.

– O que estavam dizendo da última noite? – perguntou Neil.

– Nada – disse Charlie.

– Tem certeza? – Neil voltou a perguntar.

– Bem – começou Charlie –, foi uma coisa que aconteceu.

– O que foi? – Neil quis saber.

– Bem, eu tive nesta última noite aquele mesmo sonho da madrugada de ontem. O engraçado é que

O Escritor Fantasma

o último sonho demorou um pouco mais, havia mais coisas no começo.

– O que aconteceu no sonho? – interrogou Neil.

– Espere alguns minutos e eu conto a você – disse Charlie, dirigindo-se à mesa da cozinha e descansando as mãos na superfície sarapintada.

Então, contou aos irmãos a respeito do sonho, do quarto escuro, do vão da porta fechado com tijolos, do rosto barbudo, da sensação de claustrofobia, do desmaio e do despertar com os lençóis da cama desarrumados em volta do corpo e encharcados de seu suor.

– Já havia sonhado assim antes? – perguntou Kate.

– Não, jamais – respondeu Charlie. – Só depois de mudar para cá.

De repente um olhar revelador escorreu no rosto de Neil.

– O cara barbudo parecia com o homem fantasmagórico da noite passada no banco embutido sob a janela? – perguntou rapidamente a Charlie.

Ele pensou a respeito disso por um segundo e em seguida balançou a cabeça.

– Não, pelo que eu vi, o homem fantasmagórico no banco embutido sob a janela não tinha barba – respondeu.

– Por que será que você só começou a sonhar assim quando chegamos aqui? – perguntou Kate.

Hora do Espanto

– Não sei – disse Charlie. – Mas como eu sonhei isso esta noite, então sonhar a mesma coisa duas vezes não é coincidência.

Os jovens ficaram quietos por um instante até que Charlie disse:

– Sabe da última noite quando eu vi a figura de um homem no banco embutido sob a janela?

– Sim – respondeu Neil.

– Bem, quando fomos para a sala de estar eu fui o último a sair e vi a figura novamente, ele acenou para mim.

– De repente eu realmente sinto que não vou acreditar em você novamente – disse Neil.

– Tem mais – disse Charlie. – Todas as manhãs desde que chegamos aqui, encontro texto extra que não escrevi em meu texto do bloco de notas. Agora, a menos que você esteja de brincadeira comigo, não sei como isso pode ter acontecido.

– Posso ver o seu bloco de notas? – perguntou Kate.

– Claro – disse Charlie levantando-se. – Vou pegá-lo.

Quando voltou, Charlie colocou o bloco de notas sobre a mesa na página mais recente.

– Veja, mais texto – apontou. – E está com tinta diferente, alguma coisa à base de água, não é esferográfica.

O Escritor Fantasma

– O que diz aí? – perguntou Neil olhando no bloco de notas – É mesmo, eu vi, você tem razão, a tinta é diferente, é bem aqui que começa.

Charlie leu em voz alta as novas palavras:

> *O homem despertou e espreguiçou-se. Novamente ele tinha caído no sono no banco embutido sob a janela enquanto escrevia seu livro mais recente. De repente, o homem recordou o que tinha para fazer e suspirou. Durante muitos anos ele teve boas relações com a pessoa que teria de entregar à polícia local. Eles tinham sido colegas de escola. Mas o que seu amigo tinha feito era terrível demais para ignorar, terrível demais.*

– Você tem certeza de que não escreveu nada disso? – perguntou Kate.

– Olhe, eu saberia se escrevi ou não alguma coisa, certo? – disse Charlie na defensiva. – Não sei quem está fazendo isso, mas quero que pare, tudo bem?

– Tudo bem – respondeu Kate. – Então o que devemos fazer?

– Ir para a sala de jantar e observar o homem do livro acordar – suspirou.

Apreensivos, os adolescentes foram para a sala de jantar, para ver se o texto se tornaria realidade. Kate e Neil ainda não acreditavam muito em Charlie, mas, por alguma razão, o jeito como ele agia a respeito de todo o caso os incomodava e eles começavam a se

Hora do Espanto

sentir sugados por uma situação da qual não tinham certeza se seriam capazes de sair.

Charlie se precipitou pela porta aberta quando entrou no quarto para lutar contra seu medo. A porta bateu na parede, saltou de volta e resvalou no sapato de Charlie.

Ele quase não percebeu a porta atingir seu sapato, quando olhou através da sala em direção à grande janela da sacada. No banco embutido sob a janela, diante dela, à sombra de um carvalho enorme, que arranhava o céu como se estivesse tentando puxar a si mesmo mais alto, estava a figura fantasmagórica que Charlie tinha visto na noite anterior. A figura usava boina e os jovens apenas puderam reparar no padrão quadriculado da jaqueta de lã que vestia. A figura era um homem sentado na poltrona com as costas descansando contra o lado da janela da sacada. Sua cabeça pendia para frente, contra os joelhos curvados contra o corpo. Evidentemente, o homem tirava uma soneca.

Os jovens não puderam reparar no rosto do homem, que ficava metade oculto pela boina e metade pelos joelhos. De repente o homem começou a se movimentar. Ele grunhiu levemente e sentou de volta, ao mesmo tempo em que olhava para longe da janela, protegendo assim o rosto.

O Escritor Fantasma

Os jovens puderam reparar no cabelo castanho, grisalho, ensebado, espetado em ângulos malucos debaixo do chapéu do homem. Os jovens ainda conseguiram sentir um fraco odor de repolho fervido.

Charlie se controlou e deu um passo à frente.

– Quem é você? O que você quer? – indagou num acesso de raiva.

O homem o ignorou.

– Charlie! – berrou a mãe, do andar de cima de repente – Mas que gritaria é essa?

Kate e Neil viraram brevemente e olharam na direção da voz da mãe.

– Nada, mãe! – Charlie berrou de volta também virando de lado levemente.

– Eu já desço, tudo bem?

– Tudo bem, mãe! – respondeu Charlie.

Ele virou de volta no mesmo momento que Kate e Neil e cambaleou para trás em estado de choque. O homem tinha sumido. Espantado, Charlie correu até o banco embutido sob a janela e lá permaneceu por alguns segundos atônito, procurando ao redor pelo homem, mas ele tinha sumido.

E tudo o que restou foi um fraco odor de repolho fervido.

– Onde ele está? – indagou quase em prantos.

Ele estava sentado com o irmão e a irmã na mesa da sala de jantar, embora ainda olhasse na direção do banco embutido sob a janela.

Hora do Espanto

– Ele não pode simplesmente ter evaporado – disse Neil em vão.

– Bem, ele evaporou! – disse Kate, com a voz levemente trêmula. – Mas o que eu quero saber é como ele foi parar ali?

– Bem, pelo menos o fato de ele ter estado ali provou que eu não sou mentiroso – comemorou Charlie, recuperando-se do transe em que se encontrava.

– Você pode ter razão sobre o fato de que um homem esteve ali, mas é possível que esse cara tenha forçado a entrada, mexido no seu bloco de notas e depois esperado que a gente lesse e voltasse para a sala de jantar – disse Kate em um tom de voz prático.

– Kate, você realmente não acredita nisso, não é mesmo? Você acha que ele abriu tranquilamente a janela da sacada (que na verdade não estava aberta) se esgueirou até o andar de cima, escreveu algumas coisas no meu bloco de notas (com uma caneta tinteiro que ele trouxe por acaso), exatamente com a minha própria letra e depois se esgueirou até o andar de baixo, para ficar na sala de jantar até de manhã (sabendo que ninguém iria até ali antes que o meu bloco de notas fosse lido), para em seguida esperar uma chance de escapar pela janela (que ainda não estava aberta), e ainda fechá-la novamente com toda tranquilidade quando nós apenas desviamos o olhar? Estou contente que você tenha tantas ideias brilhantes, Kate!

O Escritor Fantasma

Por um segundo ou dois, Kate não conseguiu dizer nada depois da súbita irritação de Charlie, mas ela tentou se defender perguntando:

– Bem, então o que você acha que aconteceu?

Ela imediatamente lamentou o que disse, pois Charlie ficou ainda mais furioso.

– Eu não sei, mas vou descobrir! – ele respondeu, enfatizando cada palavra que pronunciou. Kate ficou quieta em seguida, já que sabia que não podia dizer nada mais para melhorar a situação. Ela estava chocada com a irritação de Charlie, que normalmente era uma pessoa bem equilibrada. Ele era calmo o tempo todo e raramente se aborrecia. Nas ocasiões em que isso acontecia, jamais ficava tão mal e sempre terminava rindo mais tarde por causa de sua natureza conciliadora, que não o deixava dizer algo muito sério ou ficar ressentido por muito tempo.

"Alguma coisa deve mesmo estar mexendo com ele" – ela pensou. "Mas o que será? Deve ser essa casa, vou passar a detestá-la cada vez mais se essas coisas estranhas continuarem acontecendo".

Capítulo 6

Um Aviso

Os jovens passaram o dia fazendo suas coisas. Eles sequer tiveram vontade de conversar uns com os outros depois dos acontecimentos recentes. Charlie ficou na escrivaninha de seu quarto, rabiscando coisas de vez em quando em um pedaço de papel. Kate leu um livro no quarto dela e Neil leu uma revista na sala de estar. Os pais tinham saído atrás de uma feira de antiguidades na cidade próxima e só voltariam depois do anoitecer.

Por volta das cinco horas, Charlie fez uma pausa, empurrou no bolso o pedaço de papel que estava escrevendo e se dirigiu para a cozinha no andar de baixo. Cerca de cinco minutos depois, Neil fechou a revista e se levantou do sofá. Então, ele também foi para a cozinha. Encontrou Kate do outro lado da porta. Eles espiaram um ao outro, mas não disseram nada e, em seguida, ambos entraram na cozinha. Charlie estava sentado na mesa da cozinha lendo um folheto de propaganda que divulgava o serviço *delivery* de uma pizzaria. Ele levantou os olhos e sorriu sem graça.

O Escritor Fantasma

– Alguém quer pizza? – perguntou embaraçado. Depois de passar o dia em silêncio, foi estranho ouvir alguém falando e a voz de Charlie soou vazia e pareceu ecoar nas paredes sem mobília da velha cozinha.

– Certo, eu não desprezaria uma – respondeu Neil em um tom de voz ligeiramente rouco porque ele não tinha falado com ninguém durante o dia todo. Ele limpou a garganta.

– Estou morto de fome.

– Eu também – acrescentou Kate. De repente pareceu que uma barreira tinha sido quebrada. Os jovens relaxaram e sentiram-se capazes de conversar à vontade novamente e falar a respeito de coisas triviais mais uma vez.

– Não gostariam de saber o que vai passar na TV? – ponderou Neil.

– Aquela comédia deve ser nesta noite, você sabe, a primeira da segunda série.

– Ah, eu sei qual você quer dizer, como se chama mesmo?

– Se vocês dois quiserem assistir alguma comédia boba na TV novamente, suponho que eu não tenho escolha a não ser assistir com vocês – suspirou Kate.

– Peço a pizza agora? – perguntou Charlie.

– O que você vai pedir? – perguntou Neil indignado. – Nós não temos escolha?

Hora do Espanto

– Não – respondeu Charlie pegando o telefone e fingindo discar o número. Riu a valer quando Neil avançou e ele manteve o aparelho fora do alcance dele. Neil subiu sobre Charlie e apoderou-se do telefone.

– Tudo bem! Tudo bem! – gargalhou Charlie, afastando o irmão do caminho. – Ainda não pedi nada. O que você vai querer?

– *Pepperoni* com queijo extra! – gritou Neil.

– O mesmo – disse Kate.

– Tudo bem, eu não vou morrer por causa disso – disse Charlie, enquanto discava para o número da pizzaria. De repente seu rosto ficou branco e ele deixou o telefone cair e ficou parado estarrecido, perplexo diante do nada.

– O que foi, Charlie? – perguntou Kate preocupada.

– Ele não parece nada bem – disse Neil. E pegou o telefone, que rachou quando bateu no chão, e o colocou no ouvido. Franziu as sobrancelhas.

– Não tem ninguém aqui, apenas o som que a gente escuta quando a outra pessoa desliga o telefone do outro lado.

– Quem era, Charlie? O que a pessoa disse? – perguntava Kate ao mesmo tempo em que o sacudia freneticamente. Ele apenas balançou levemente. Kate o empurrou com delicadeza para uma cadeira e disse a Neil:

O Escritor Fantasma

– Meu Deus! Eu nunca o vi assim tão mal antes. O que foi que a pessoa disse, Charlie?

Charlie piscou os olhos uma ou duas vezes e balançou a cabeça. Lentamente o sangue voltou ao seu rosto e ele disse:

– Alguém quer me ver morto – em um tom de voz soturno e monótono.

– Como assim?... – indagou Neil.

– Alguém, um homem eu acho, disse para mim: "Charlie, você mete o bedelho em coisas que não lhe dizem respeito, por isso não vai viver para ver o dia seguinte e, se você contar para mais alguém, o mesmo vai acontecer".

– O que ele quis dizer? – perguntou Kate.

– Eu acho que eu sei – começou Neil.

– A voz – interrompeu Charlie – essa voz pareceu familiar, como se já tivesse ouvido antes em algum lugar.

– Pense, Charlie, quem era? – perguntou Kate.

– Não sei! – lamentou. – Mas sei o que o cara quis dizer!

– Eu também – disse Neil.

– O que ele quis dizer? – indagou Kate.

– Quer dizer que você não sabe? – perguntou Charlie surpreso. – Você não sabe mesmo?

– Não sei, não – respondeu Kate. – Oh, a menos que você queira dizer que... – e ela olhou nos olhos de Charlie e ele acenou com a cabeça confirmando.

Hora do Espanto

– Isso mesmo.

– Neil? – ela perguntou, olhando para Neil.

– Concordo – ele disse.

– Mas isso é loucura! – ela gritou – Essas coisas não existem... – ameaçou falar.

– Prossiga, pode dizer – provocou Charlie. – Fantasmas.

– Sem essa, Kate, acorda e se liga! Você viu as evidências e se recusa a aceitá-las! Esse sujeito na sala de jantar não era uma pessoa real, ele desapareceu!

– Também havia o diário no sótão, alguém precisa de ajuda – disse Neil.

– Suponho – disse Charlie – e é só um palpite, mas eu suponho que uma pessoa foi morta aqui e alguém não quer ser desmascarado por nós.

Kate olhou nos olhos de Charlie e o que viu foi pura convicção.

– Concordo – disse Neil – Eu acho que devemos descobrir quem foi.

– Mas o que fazer a respeito da ameaça contra Charlie? – perguntou Kate, envolvendo-se na discussão.

– Eu cuido disso – disse Charlie –, não se preocupem.

Kate e Neil sabiam que Charlie temia por sua vida, mas isso não iria detê-lo. Tudo o que eles podiam fazer era segui-lo e ajudá-lo.

Capítulo 7

Em Busca de Pistas

Charlie estava sentado no banco embutido sob a janela, olhando para o carvalho, do lado de fora. A árvore era bem nova e apenas alcançava a altura do segundo andar da casa. Uma sombra caiu sobre ele por trás. Charlie começou a virar quando de repente alguém o agrediu com um soco esmagador na cabeça e Charlie perdeu a consciência.

Charlie despertou. Estava novamente no quarto escurecido, só que desta vez o vão da porta estava fechado com tijolos apenas pelo meio. Charlie pôde reparar um escuro objeto quadrado atrás da figura barbuda que o emparedava. O rosto barbudo olhou sobre os tijolos e gargalhou para Charlie deitado no chão. Charlie tentou se levantar e escapar, mas seu corpo não se movia. Sentia-se como se o tivessem drogado. O rosto olhou para Charlie novamente e sorriu mostrando os dentes:

— Então, agora você está acordado, seu monte de lama imundo – disse o dono do rosto de repente, olhando para Charlie. – Isso vai lhe ensinar uma coisa.

Hora do Espanto

O rosto sorriu arreganhando os dentes horrorosamente. Charlie tentou se levantar novamente, mas ele apenas se contorcia desamparado.

Ele começou a se debater no chão, mas isso era o máximo que conseguia fazer. Impotente, bateu a cabeça no chão duro de pedra e ficou inconsciente.

De repente, Charlie despertou sobressaltado. Ainda estava no quarto. A porta do quarto estava quase totalmente fechada com tijolos. As pedras eram de um vermelho escuro. O rosto espiou arrogante dentro do quarto novamente e gargalhou antes de colocar outro tijolo dentro da parede que bloqueava a porta. Logo, veio o último tijolo e o último feixe de luz tremulante, de vela ou lanterna, desapareceu e ele ficou sozinho no escuro. Passou a pedir socorro, mas sua voz era abafada pelas grossas paredes. Ele chamou novamente e novamente. Começou a entrar em pânico, conforme seu coração acelerava. Ele se levantou e cambaleou para frente. Bateu em uma parede dura, fria, e resvalou nela. Ficou desorientado, depois cambaleou em volta do quarto, abanando os braços como um louco. Bateu em um canto e cambaleou para trás, descontrolado. Encontrou outra parede e começou a bater nela e depois passou a arranhá-la, tentando escavar o caminho com as unhas, enquanto gritava para que o deixassem sair. Charlie passou a ziguezaguear

O Escritor Fantasma

conforme o ar do quarto se tornava viciado e o oxigênio rareava. Lentamente começou a sufocar. Ele recuou e parou de gritar antes de repentinamente desmaiar no chão.

Quase não sentiu o chão duro. Antes de perder completamente a consciência, ouviu uma gargalhada demoníaca ecoar a distância. Então seu corpo se debateu no chão conforme Charlie sufocava lentamente até a morte.

* * *

Toc-toc-toc, toc-toc-toc, toc-toc-toc. Charlie abriu os olhos e vasculhou o quarto atrás da fonte do barulho. Seria a porta? Não. O guarda-roupa? Não. A janela? Toc-toc-toc. Eram os galhos da árvore, batendo na janela conforme o carvalho era sacudido pelo vento. Quando o vento soprava pelas beiradas do telhado, fazia um som agudo de assobio, como se mil fantasmas estivessem gritando atormentados. Charlie ficou arrepiado, apesar do calor da cama, quando lembrou do sonho e da parte que não havia sonhado antes.

O mais estranho, ponderou, é que quando sonhava, tudo era tão real que ele nem percebia que era apenas um sonho.

"E agora, qual a novidade?" – murmurou para si mesmo. "A poltrona sob a janela, eu estava sentado ali olhando o carvalho" – ele espiou os galhos da ár-

Hora do Espanto

vore que ainda tocavam na janela – "e de repente alguém me bateu na cabeça".

Exasperado, Charlie balançou a cabeça e pulou da cama. A casa estava confortavelmente aquecida quando Charlie pisou no tapete macio do banheiro.

Depois de tomar um banho de chuveiro quente e um rápido café da manhã com Kate e Neil, Charlie trouxe à tona o assunto do fantasma. Ele também mencionou a nova parte de seu sonho.

– O que vai acontecer em seguida? – indagou Kate.

– Não sei, mas com certeza vou saber da próxima vez que dormir – respondeu Charlie, entediado.

– Por onde vamos começar a investigação da sua teoria a respeito de um assassinato na casa, Charlie? – perguntou Neil.

– Pela biblioteca, é claro – respondeu Charlie.

– Vamos sair agora? – perguntou Kate.

– Sim, vou rapidamente avisar o papai e a mamãe – disse Charlie.

Os jovens chegaram na biblioteca por volta das dez horas e foram direto para a seção de jornais. Ficaram admirados com a quantidade de fichários e arquivos da seção. Uma bibliotecária empertigada foi atrás deles e perguntou se precisavam de ajuda.

– Estamos tentando descobrir relatos de uma pessoa assassinada ou desaparecida para um projeto

O Escritor Fantasma

escolar – inventou Charlie, usando a desculpa da falta de segurança como disfarce para os reais motivos dos jovens estarem ali.

– Mas que tema de projeto horroroso – murmurou a bibliotecária. – As manchetes estão ali na estante de jornais, mas provavelmente vocês vão achar mais fácil descobrir o que estão procurando no novo sistema do computador.

Ela mostrou o caminho para um computador sobre uma mesa de leitura no canto e abriu o banco de dados dos jornais.

– Basta digitar a palavra que interessa e o computador apresenta todos os artigos que contenham essa palavra. Vocês ainda podem especificar entre quais datas querem fazer a pesquisa. Entenderam o que fazer?

– Tudo bem – respondeu Charlie. – Obrigado!

– Se precisarem de ajuda estarei por aqui – disse a bibliotecária sorrindo levemente e se retirando da sala.

Charlie digitou *assassinato* e esperou o computador pesquisar os artigos. O resultado indicou quatro artigos, mas nenhum relacionado com a casa deles.

– Tente *desaparecido* – sugeriu Kate.

– Certo – disse Charlie, digitando a palavra.

Foram encontrados 160 artigos com referências ao termo *desaparecido*.

Hora do Espanto

– É desanimador – disse Neil. – Será que não podemos restringir isso um pouco?

– Poderíamos, se soubéssemos as datas – disse Charlie. – Espere, já sei! Consegui!

– O quê? – perguntou Kate.

– O carvalho no meu sonho nem chegava perto da janela do quarto, mas hoje de manhã acordei com o som dos galhos batendo na minha janela!

– Então podemos recuar uns 80 anos – disse Neil.

– Ótimo! – exclamou Charlie.

Ele digitou um intervalo de datas em torno desse período e sentou para esperar os resultados aparecerem na tela.

– Existem 30 artigos contendo a palavra *desaparecido* – disse Charlie.

– Quais tratam de pessoas que desapareceram nesta localidade? – perguntou Kate.

– Existem cinco – respondeu Charlie – Três são a respeito de adolescentes desaparecidos que fugiram de casa, outro é de uma mulher desaparecida e o último, de um homem desaparecido.

– O homem da nossa casa! – gritou Kate de repente, depois de ler na tela por sobre os ombros de Charlie. – Quase não acredito, mas é verdade!

Até Charlie ficou chocado. Rapidamente ele imprimiu o artigo, dobrou-o e o enfiou no bolso para ver com

O Escritor Fantasma

mais detalhes depois. Na saída, os jovens agradeceram a bibliotecária e foram embora. Discutiram o artigo no caminho de casa. Charlie retirou-o do bolso para uma nova leitura. Em seguida repetiu para Kate e Neil as informações que tinha lido no artigo:

– Aqui diz que o cara que desapareceu tinha 49 anos e era professor – disse. – Certo dia ele não apareceu na escola e jamais retornou. As pessoas procuraram na casa, mas não encontraram sinal dele, que foi considerado como desaparecido.

– Será que ele foi emparedado com tijolos em algum quarto da casa como no seu sonho? – sugeriu Kate.

– Mas alguém perceberia um quarto fechado com tijolos... – questionou Neil.

– O artigo afirma que ele levava o estilo de vida de um solitário – respondeu Charlie. – Ninguém que procurasse a casa depois que ele desapareceu perceberia um quarto a menos.

– Mas e sobre os tijolos novos e o concreto recente? – continuou Neil.

– O assassino pode ter pintado em cima dos tijolos ou colocado um painel de madeira para disfarçar a obra de alvenaria – Charlie respondeu.

– Devemos procurar quartos velhos na casa – determinou Kate.

Hora do Espanto

– Mas o que será que vamos descobrir quando acharmos o quarto? – perguntou Neil, deixando um ponto de interrogação suspenso no ar.

– Vamos saltar esse obstáculo quando chegarmos lá – disse Charlie. – Por ora, acho que devemos pesquisar a casa.

– Como faremos isso? – perguntou Kate.

– Acho que só devemos pesquisar no andar de baixo – disse Charlie.

– Por quê? – perguntou Neil.

– É que o tal professor – respondeu Charlie – era emparedado em um quarto com chão de pedra.

– É mesmo – disse Neil, dando um tapa com a mão na testa.

– De qualquer forma, devemos andar em volta da casa batendo nas paredes de madeira, escutando por um som surdo em vez de um som oco, o que vai indicar uma parede de tijolos por trás. Então, talvez... Não sei o que faremos. Simplesmente não podemos derrubar um painel de uma parede para ver se existem tijolos por trás disso.

– Podemos retirar o painel com cuidado – sugeriu Neil.

– É verdade – respondeu Charlie.

– Mas se o professor foi emparedado e a parede foi pintada, teremos tantas paredes de tijolo no an-

O Escritor Fantasma

dar de baixo como paredes sem tijolo – disse Kate, de repente.

– Bem, se não acharmos nada suspeito depois de bater em todos os painéis da casa, em seguida devemos procurar por alvenaria irregular, talvez na forma de um vão de porta.

– Realmente, acho que devemos fazer isso antes – disse Neil.

– Você está certo, Neil – disse Charlie. – Isso vai facilitar a nossa busca.

– E se não aparecer nada? – perguntou Neil.

– Então teremos de olhar novamente – respondeu Charlie. – À noite, tentarei lembrar de alguma coisa sobre o vão da porta no meu sonho.

– Boa ideia – disse Kate. – Então quando começamos a nossa busca?

– Hoje – Charlie respondeu, num tom de voz que de repente soou frio. – Resolvi passar essa história a limpo, mesmo que tenha que morrer por causa disso.

Os adolescentes se calaram, pois lembraram da voz ao telefone na noite anterior. Tinham o horripilante pensamento de que as palavras de Charlie poderiam voltar a assombrá-lo.

Capítulo 8
A Busca Continua

Os adolescentes já não se sentiam mais sozinhos em casa, então decidiram que em conjunto testariam todas as paredes do andar de baixo. A começar pela cozinha, passaram a examinar as paredes atentamente. Isso demorou cerca de dez minutos e não encontraram nada. Procuraram na sala de jantar e na sala de estar, mas eles não encontraram nenhuma alvenaria irregular.

– É desanimador – disse Neil desapontado –, não encontramos nada.

– Só começamos a pesquisar – disse Charlie tentando levantar o ânimo. – Ainda temos de pesquisar as paredes de madeira.

– Estou começando a pensar que estivemos agindo estupidamente o tempo todo e que não existe fantasma nenhum – suspirou Kate.

– Veja – começou Charlie –, eu falei para você, isto aqui não será fácil.

– Você acha mesmo que não? – perguntou Neil.

– Sim! – respondeu Charlie. – Mas não vamos desistir!

O Escritor Fantasma

Os jovens levaram quase uma hora examinando cada reboco e cada parede de madeira na casa, sem sucesso. Perto do final da busca, parecia que eles não conseguiriam encontrar nada depois de tudo o que fizeram.

Estavam no estúdio do pai procurando a última parede.

– Esperem! – gritou Charlie. – Acho que consegui! – mas seu sorriso triunfal desabou quando percebeu que não era mesmo a parede correta e sim outra parede externa.

Ele sentou-se em uma cadeira e descansou o queixo no punho.

– Não entendo isso – suspirou. – Olhamos por toda parte e ainda não encontramos nada!

Kate sentou-se defronte a ele e também suspirou.

– Eu realmente pensei que tínhamos alguma coisa – ela disse –, mas acontece que não há nada!

– Ei, eu consegui! – gritou Neil. – Consegui!

– O que, Neil? – perguntou Charlie entediado.

– Deve ser só mais uma parede normal – disse Kate com um sorriso sem graça.

– Não seja tonta, Kate. Descobri o que nós esquecemos! – berrou Neil.

– O que foi? – ela perguntou a ele.

– Esquecemos de olhar atrás dos móveis!

Hora do Espanto

Charlie e Kate olharam um para o outro, incrédulos.

– Não acredito que fomos tão tontos! – disse Charlie. – Parabéns, Neil!

– Então vamos procurar – disse Kate.

– Antes de começarmos a procurar de novo – disse Neil lentamente –, acho que devemos resolver uma coisa: por que estamos procurando um quarto?

Charlie pensou alguns segundos antes de dizer:

– Bem, temos evidências de que o tal professor foi mesmo emparedado. Além disso, temos que arranjar um jeito de fazer esse fantasma descansar antes que ele me enlouqueça com essas drogas de sonhos!

– Tudo bem, agora que sabemos por que estamos fazendo isso, podemos acabar fazendo alguma coisa a respeito disso – disse Neil em um tom de voz satisfeito.

Não demorou muito. Depois de empurrarem uma estante com prateleiras em desuso, afastando-a para longe da parede com cuidado para que as coisas sobre ela não caíssem, os jovens encontraram aquilo que procuravam.

– Deve ter sido a antiga despensa – afirmou Charlie.

– Não gostaria de saber quem colocou o tal professor aí? – perguntou Kate.

– Pelo que me lembro, o assassino era barbudo, com o rosto esguio e pálido.

O Escritor Fantasma

– Que tipo de barba? – perguntou Neil.

– Sabe aquele presidente americano, qual o nome dele mesmo?

– Abraham Lincoln? – sugeriu Neil.

– Esse aí, pois é, o cara tinha uma barba como a de Abraham Lincoln.

– Poderia ser qualquer um – suspirou Kate.

– Talvez o meu próximo sonho me diga quem ele era – disse Charlie.

– Quem sabe... – disse Neil em dúvida.

– Mas tem uma coisa engraçada – disse Charlie enquanto ajudava Neil a recolocar a estante com prateleiras no lugar.

– O quê? – perguntou Neil.

– A voz no telefone era tão familiar, mas eu não posso explicar porque, não posso mesmo.

Naquela noite, os jovens assistiram à televisão até 11 horas da noite, antes de irem para a cama. Charlie sentiu-se apreensivo quando escorregou nos cobertores e demorou um bom tempo para dormir.

Capítulo 9

Um Ritual Chocante

Charlie despertou. Estava rastejando em uma sala pouco iluminada, olhando para o que parecia ser a mesa do professor. Ele podia ouvir algo como um cântico. Com as mãos e os joelhos no chão, Charlie engatinhou até a beira da mesa do professor e examinou em volta: nada, apenas uma luminosidade tremulante. Charlie podia sentir o cheiro de algum tipo de incenso, que se tornava denso e sufocante e flutuava no ar até suas narinas. Charlie começou a sentir tonturas e sacudiu a cabeça para se livrar da sensação. Em seguida, ele se arrastou para perto do canto da mesa do professor e observou ao redor: cinco figuras fantasmagóricas, paramentadas e encapuzadas estavam de pé em cada ponta de um pentagrama, uma estrela de cinco pontas. Cada figura segurava uma vela e cantava algo em uma língua que Charlie não conseguia entender. Seria latim? Ele gostaria de saber.

As figuras enfocavam o centro do pentagrama atentamente. De repente, uma sexta figura entrou na sala, carregando o que parecia ser uma galinha. A galinha não se mostrava assustada e Charlie achou que ela estaria dopada. A figura segurava a galinha pelo

O Escritor Fantasma

pescoço com uma das mãos e um punhal longo e ligeiramente curvo na outra mão. A figura largou a galinha sobre um bloco de madeira, perto de um livro grosso em cima de um aparador. A figura ficou de pé diante do aparador e recitou as palavras de vários parágrafos antes de erguer o punhal com ambas as mãos acima da cabeça. O capuz caiu para trás conforme as mãos subiram, revelando o rosto de um homem com uma barba no estilo de Lincoln. O homem exibia lábios finos, retorcidos, por trás dos dentes à mostra, firmemente cerrados, antes que o punhal caísse em um arco onipotente.

Charlie esquivou-se atrás da mesa do professor e fez caretas quando ouviu o som de um golpe, *zap*, e o minguado cacarejo que escapou da galinha. Novamente Charlie remexeu a cabeça em volta da mesa do professor e assistiu aterrorizado e estupefato conforme uma rajada vermelha de sangue jorrou do ferimento no pescoço da galinha. A rajada parecia ser sugada pelo pentagrama, no qual se transformava em uma coluna retorcida que girava feito um tornado em miniatura. A cor vermelha iluminava as faces dos cantores, mas não o homem barbudo que tinha colocado o capuz de volta sobre a cabeça, mas Charlie pôde ver distintamente duas formas ovais amarelas sob o capuz, onde deveriam estar os olhos do homem. O homem começou a recitar algo diferente dos outros. Seu tom de voz se tornou cavernoso e sobrenatural, como o

Hora do Espanto

de um demônio. A voz do homem se tornou cada vez mais alta e cada vez mais distorcida, até que Charlie não pudesse mais acreditar que fosse um homem falando. De repente o homem olhou para uma das figuras em um canto do pentagrama e acusou em um tom de voz profundo, poderoso:

– Você não acrreeediiiita rrreeeaaalmente...

O cantor paramentado gaguejou em resposta:

– Accrreediito sim, senhor.

– FORA! – berrou o homem que Charlie deduziu ser o líder.

Dois fachos de luz de cor laranja, flamejantes, vindos dos olhos amarelos ardentes do líder, rasgaram o quarto e atingiram os pés do incrédulo. Lentamente, os fachos varreram o corpo dessa pessoa, vaporizando-a até que restasse apenas a cabeça, flutuando no ar com uma expressão contorcida no rosto. Charlie desejou que o capuz não tivesse caído e o rosto continuasse oculto.

A cabeça sem corpo gritava por clemência e uivava de dor antes dos fachos de luz pararem de repente e a figura principal dizer para outro cantor:

– Espete isso em uma estaca e coloque no meu museu.

Quando o cantor pegou a cabeça, esta ainda berrava por clemência, mas seu clamor caía em ouvidos surdos conforme o cantor a levava embora.

O Escritor Fantasma

A figura principal riu dos gritos e disse:

– Deixem-no sofrer pela eternidade em tormento! Deixem seus gritos sem resposta! Que a dor e o sofrimento eternos dele sirvam de lição para todos vocês! Agora saiam! E lembrem-se de não deixarem nada para trás ou vocês sofrerão imensamente.

A figura de repente interrompeu o processo de saída ao se virar para dizer:

– Também devo lembrar-lhes para não contarem nada a ninguém do que aconteceu aqui hoje à noite, a menos que vocês queiram que seus espíritos vivam em tormento para sempre!

Charlie sentiu como se a pessoa estivesse falando diretamente para ele e tremeu só de pensar.

Dez minutos depois, todas as figuras fantasmagóricas tinham saído e a última apagou as velas.

Durante quase dez minutos Charlie sentou na escuridão até sentir que era seguro levantar e sair. Ele se questionava onde estaria, quando rapidamente abriu uma janela e saltou. De tanto medo, esqueceu de verificar em que andar estava, mas felizmente era o térreo. Depois de pular, Charlie virou-se para fechar a janela. Em seguida, ele procurou uma saída. A área parecia familiar e de repente ele percebeu que era a escola! O prédio novo não estava lá, mas o velho era o mesmo que sempre tinha sido. O professor devia

Hora do Espanto

ter descoberto que magia estava sendo praticada por aquelas pessoas e ele denunciaria esse fato, concluiu Charlie, mas uma das pessoas o matou antes que ele tivesse a chance de fazer isso. Então, Charlie entendeu que o barbudo devia estar se referindo a ele. O homem tinha a mesma voz do telefone e também o mesmo olhar do assassino.

Charlie suspirou quando pegou o caminho de volta para casa sob a lua cheia, triste de saber o que aconteceria em seguida. Ao chegar, foi direto para a sala de jantar, onde sentou para pensar. A sala de jantar estava escura, então ele acendeu uma vela com a caixa de fósforos próxima, antes de sentar no banco embutido sob a janela. Logo ele cochilava um sono sem sonhos.

Charlie despertou. Ainda estava sentado no banco embutido sob a janela. Pela janela, olhou o carvalho. A árvore era bastante nova e quase não chegava à altura do segundo andar da casa. Uma sombra caiu sobre ele por trás. Charlie sabia quem era, mas ainda assim começou a virar para ver a pessoa. De repente, a pessoa o atacou com um soco esmagador na cabeça e Charlie perdeu a consciência.

Charlie despertou. Estava novamente no quarto escurecido. O vão da porta estava meio fechado com tijolos. Charlie tentou reparar no objeto escuro quadra-

O Escritor Fantasma

do atrás da figura barbuda que o emparedava e percebeu que era a estante. O rosto barbudo olhou sobre os tijolos e gargalhou ao ver Charlie deitado no chão. Charlie tentou levantar e escapar, mas não conseguiu fazer seu corpo se mover. Sentia-se como se o tivessem drogado. O rosto olhou para Charlie novamente e sorriu mostrando os dentes:

– Então, agora você está acordado, seu monte de lama imundo – disse o dono do rosto de repente, olhando para Charlie. – Isso vai lhe ensinar uma coisa.

O dono do rosto era a mesma pessoa de antes na escola.

Charlie tentou levantar novamente, dessa vez controlando alguns movimentos. Ele começou a se debater no chão, mas era o máximo que conseguia fazer.

Acidentalmente, ele bateu a cabeça no chão duro de pedra e ficou inconsciente.

De repente, Charlie despertou sobressaltado. Ainda estava no quarto. Agora ele sabia exatamente o que esperar. Charlie suspirou relutante ao pensar que teria que passar por tudo aquilo novamente.

Capítulo 10
A Sala de Aula

Charlie sentou, de repente, completamente acordado. Olhou em volta de si mesmo e viu que estava em seu quarto. Relaxou e em seguida voltou a ficar tenso novamente quando lembrou do sonho, ou melhor, do pesadelo.

Charlie ficou arrepiado e pulou da cama. Foi direto ao banheiro e se lavou rapidamente, antes de tomar o café da manhã na cozinha no andar de baixo.

– Bom-dia, Charlie! – cumprimentou Kate, entrando na cozinha. Ela viu o olhar pálido no rosto de Charlie e franziu as sobrancelhas. – O que foi? – perguntou.

Charlie olhou para ela e Kate imediatamente percebeu o que estava errado.

– O sonho? – ela perguntou a Charlie.

– Isso – ele respondeu mal-humorado.

– O que aconteceu? – Kate perguntou curiosa.

– Não quero falar sobre isso agora – respondeu Charlie.

Kate decidiu não fazer mais perguntas e foi preparar alguma coisa para o café da manhã. Sentou de-

O Escritor Fantasma

fronte a Charlie e juntos comeram em silêncio. Ambos tinham terminado quando Neil chegou.

– Bom-dia, pessoas! – disse animado. Olhou para Charlie e suspirou: – Você teve aquele sonho novamente?

– Sim – suspirou Charlie.

– O que aconteceu?

– Depois eu conto, Neil – disse Charlie, elevando levemente o tom de voz.

– Tudo bem, tudo bem – disse Neil. – Apenas perguntei por perguntar.

– Tudo bem, não basta? – rosnou Charlie.

– Céus! O que acontece com ele? – zombou Neil.

– Pare com isso, Neil – disse Kate. – Não o aborreça.

– Que bom! – retrucou Neil, saindo fora da cozinha.

– Droga! Droga! Droga! – praguejou Charlie. – O que foi que eu fiz?

– Não esquenta, Charlie – consolou Kate –, vocês vão superar isso, ele ficou magoado porque você foi muito hostil com ele, só isso.

– Eu devia ter contado para ele – disse Charlie. – Bem, quem sabe depois?

– Tudo bem – disse Kate. – Isso é com você.

Charlie passou o resto da manhã e parte da tarde lendo, assistindo à televisão e escrevendo. Por volta das três e meia, foi encontrar Kate e Neil. Encontrou-os jogando no computador do quarto de Neil.

Hora do Espanto

– Oi – cumprimentou Kate, olhando para Charlie quando ele entrou. – Droga! – gritou de repente ao olhar de volta na tela. – Você me fez cair!

– Que desculpa esfarrapada, Kate – comentou Neil.

– Oi – disse Charlie. – Olha, sinto muito, Neil, eu estava apenas de mal-humor.

– Sente muito a respeito de quê? – perguntou Neil, olhando para ele. – Droga! Agora eu me espatifei.

– Veja, eu disse que vocês superariam isso – sorriu Kate.

– Opa! – disse Neil sorrindo de repente. – Eu tinha sumido e por acaso pressionei a tecla REINICIAR!

– Você trapaceou – protestou Kate.

– Eu não trapaceei, foi um acidente.

– Você fez isso porque estava perdendo.

– Mas afinal, o que foi que eu fiz? – perguntou Neil, com cara de anjo.

– Tudo bem. De qualquer maneira, acho que já perdemos muito tempo com isso – disse Kate.

– E por falar nisso – começou Charlie –, estive pensando no sonho da última noite a manhã inteira. Agora que organizei tudo na minha cabeça, já posso contar a vocês o que aconteceu.

– Aconteceu algo de novo para esclarecer a nossa investigação? – perguntou Kate, de repente séria.

O Escritor Fantasma

– Muitas coisas – respondeu Charlie. – Mas de uma coisa eu sei.

– O que foi? – perguntou Neil.

– Deve ter sido a pior droga de sonho da minha vida e se foi isso mesmo o que aconteceu com aquele professor, então estamos em apuros com algo bem mais grave que a nossa pobre, e sem a menor importância, casa mal-assombrada.

Kate sorriu sem graça, antes de perguntar:

– Muito ruim?

– Sim – respondeu Charlie –, eu vou contar a vocês cada mínimo detalhe disso.

Charlie continuou contando aos irmãos a respeito do sonho. E, à medida que Charlie avançava, eles ficavam cada vez mais horrorizados.

– Você deve estar brincando! – disse Neil incrédulo.

– Estou falando sério – respondeu Charlie.

– Mas era apenas um sonho – começou Kate.

– Que por acaso continha coisas que aconteceram de verdade há tempos – retrucou Charlie. – Então, por que não pode ser verdade?

– Bem, é que parece tão *inventado* – disse Kate procurando acertar nas palavras.

– Então você consegue acreditar em fantasmas, mas não nessas outras coisas, como magia, que pare-

Hora do Espanto

cem *invenção* – respondeu Charlie irritado, imitando Kate na escolha das palavras.

– Bem, por mais que eu deteste acreditar nele – disse Neil –, parece que não temos escolha, todo o resto era verdade, então por que não isso?

– Tudo bem, eu concordo com você – suspirou Kate, cedendo. – Mas não digam que não avisei se vocês estiverem errados.

Charlie olhou para ela, com os olhos inflamados:

– Eu estou certo!

– Então, o que vamos fazer? – perguntou Neil.

– Vamos para a escola dar uma olhada ao redor – respondeu Charlie.

– Em que sala aconteceu o ritual? – perguntou Kate.

– Bem, eu acho que foi na sala 84, a sala de Matemática – respondeu Charlie. – Acho que é a sala do professor mais antigo.

– Você já teve aulas lá? – perguntou Neil.

– Não e você?

– Não – respondeu Neil.

– Nem eu – disse Kate indiferente quando os garotos olharam para ela pedindo uma resposta.

– Assim, não sabemos nada a respeito da sala. Nenhum de nós sabe de nada estranho a respeito disso – resumiu Charlie.

– Não, então vamos descobrir tudo a respeito disso já... – Neil disse.

O Escritor Fantasma

– Agora? – perguntou Kate.

– Sim! – respondeu Neil.

– Tudo bem, então – concordou Kate, não dando muita importância. – Vamos.

De repente, o pai surgiu dentro do quarto.

– O que vocês andam tramando? – brincou e depois, antes deles responderem, acrescentou:

– Tenho ótimas novidades: acabei de reservar alguns dias em Aqualand.

– Quando vamos? – perguntou Kate.

– Amanhã de manhã.

– Por quanto tempo?

– Até o final do trimestre.

– Por que tão de repente, pai? – perguntou Charlie.

– Precisamos descansar depois da mudança. Por acaso você não quer ir a Aqualand para um período de descanso? – respondeu o pai.

– Não é isso, pai, eu quero ir, só fui pego de surpresa, só isso.

– Bem, por que você não vai fazer as malas então? – perguntou o pai.

– Certo – respondeu Charlie. – Venham, vocês dois – disse, acenando para os irmãos.

No andar de cima os jovens se encontraram no quarto de Charlie.

– O que vamos fazer, Charlie? – perguntou Neil. – Vamos voltar às aulas na época que retornarmos e não teremos tempo de investigar.

Hora do Espanto

– Vocês estão esquecendo algo – disse Charlie.

– O quê? – perguntou Neil.

– Vamos ficar na escola o dia inteiro e seremos capazes de continuar nossa investigação ali.

– Mas e o que precisarmos investigar fora da escola?

– Damos um jeito – respondeu Charlie. – Mas acho que não vamos precisar investigar muito mais fora da escola.

– Por quê? – perguntou Kate.

– Apenas acho que não precisaremos.

Capítulo 11

O Pesadelo Volta

Os jovens aproveitaram bastante a viagem e tiveram tempo de esquecer as preocupações da vida de casa por uns dias. Charlie parou de ter o sonho estranho e teve sua primeira noite de sono bom da semana. A família retornou para casa no domingo à noite. Todos estavam felizes, recuperados depois da divertida pausa e preparados para enfrentarem a semana. No carro, no caminho de volta para casa, Charlie pensou a respeito do fantasma pela primeira vez desde que eles tinham saído. Neil estava com sono, descansando a cabeça na janela atrás da poltrona do motorista. Kate estava sentada no meio e lia uma revista.

– Kate – disse Charlie tranquilamente.

– O que foi? – ela perguntou, olhando para ele zombeteira.

– Quando chegarmos de volta, vou começar a ter aqueles sonhos novamente.

Kate pensou por uns momentos antes de dizer: – E daí? Nós já tínhamos quase resolvido a questão, por isso agora seremos capazes de encontrar um jeito de resolver o problema de vez.

Hora do Espanto

– Certo, mas depois das últimas noites, acho que não posso enfrentar os sonhos novamente.

Kate olhou direto para Charlie e disse:

– Vai ter de enfrentar! – Charlie suspirou e olhou novamente para fora da janela, observando as fileiras de cercas vivas passarem zunindo e as ruas da cidade que momentaneamente brilhavam antes de desaparecerem dentro da noite.

Charlie fechou os olhos. Em poucos minutos, estaria num sono profundo. Charlie sentiu alguém sacudi-lo com delicadeza e também ouviu alguém dizer algo. Escutou novamente e forçou os ouvidos para captar o que a pessoa queria dizer.

– Acorda, Charlie.

Ele abriu os olhos e viu Kate, sacudindo-o enquanto falava para ele acordar.

– Finalmente! – ela exclamou. – Eu já estava pensando que você nunca mais acordaria, vamos, estamos chegando.

Charlie pulou do carro lentamente e olhou o relógio. Eram 23h10 min.

Ele pegou sua mochila que estava no chão do carro e entrou, seguido pelo pai, que trancava o carro.

Em casa, o menino subiu lentamente para o andar de cima, com os pés mal transpondo cada degrau.

– Você gostaria de beber alguma coisa, Charlie? – chamou sua mãe do andar de baixo.

O Escritor Fantasma

– Não, obrigado, mãe! – respondeu em um tom de voz incompreensível.

Estava surpreso com o cansaço que sentia e chegou à conclusão que deviam ter sido todas as atividades que tinha feito nos últimos dias.

Deitou na cama e em segundos mergulhou num sono profundo.

*   *   *

Então, despertou. Estava de pé no portão da escola, segurando uma enorme e pesada chave de ferro na mão. Introduziu-a na porta e a virou. A fechadura estava bem lubrificada e virou silenciosamente. Charlie empurrou a pesada porta de carvalho aberta e entrou. Em seguida, caminhou, rapidamente, ao longo do corredor que levava à sala de aula onde com certeza o ritual de magia havia acontecido. O corredor era frio e escuro. Ao longo de uma parede, ficavam as antigas fotografias em branco e preto de todos os diretores que a escola teve no decorrer dos anos. Charlie olhou superficialmente para cada uma delas conforme passava. Reconheceu muitas das fotografias, pois elas continuavam por lá até os dias atuais. De repente, Charlie parou diante da última fotografia e ficou quase sem fôlego. Não podia acreditar naquilo. A fotografia na parede era do homem barbudo que poucas noites antes havia realiza-

Hora do Espanto

do o ritual e que voltaria a fazê-lo novamente hoje à noite. Charlie olhou para o nome na placa de metal sob a fotografia: *Edward P. Oates, 1924-...*

Rapidamente, Charlie memorizou aquilo antes de continuar pelo corredor. Ele entrou na sala um minuto depois e foi para a mesa do professor. Na mesa, havia uma pasta intitulada LIÇÃO DE CASA. Charlie chegou à conclusão de que era aquilo o que ele procurava. Obviamente, o professor tinha deixado a pasta para trás, voltou para pegá-la e acabou descobrindo o ritual acontecendo. Apressado, Charlie pegou a pasta, mas acidentalmente deixou-a abrir, espalhando as páginas pelo chão.

Charlie se ajoelhou e tinha começado a recolher as folhas, quando uma pessoa atravessou o vão da porta, vestindo um manto encapuzado. A figura foi seguida por outra, que carregava algo. Então, quatro outras entraram, cada uma carregando uma coisa, e começaram a montar o que tinham trazido com eles.

Velas, colocadas em castiçais altos, foram acesas. Uma figura desenhou um pentagrama exato com giz no chão e em seguida desenhou, em volta, um círculo perfeito que tocava em todas as cinco pontas. Então, a primeira figura saiu e as outras cinco se posicionaram em cada ponta do pentagrama e começaram a entoar um cântico. Não tinham falado nada até então

O Escritor Fantasma

e Charlie saltou ligeiramente quando eles começaram a cantoria. Ele colocou a pasta no chão e sentou com as costas apoiadas na mesa do professor. Ele sabia o que iria acontecer ali e não gostou de pensar nisso nem um pouco.

*   *   *

Charlie foi acordado pelo som do alarme de seu relógio tocando. Ele respirou fundo e saiu da cama lentamente. Alguma coisa o importunava na beira da consciência, mas não conseguia compreender bem o que era. Isso tinha algo a ver com o sonho. Era isso, ele precisava lembrar-se de alguma coisa. Mas o quê?

Um nome: *Ed* de Edward. Edward P. Oates, lembrou. Mas então, o que a respeito de Edward P. Oates? O diretor com a barba! Era isso, ele precisava lembrar do nome de Edward P. Oates no sonho. Edward P. Oates, diretor em 1924. Quando ele deixou de ser diretor? Charlie estava curioso por saber e supôs que descobriria isso naquele mesmo dia. Rapidamente, Charlie se lavou e se vestiu, antes de tomar o café da manhã. Logo, se juntaria a Kate e Neil.

– Bom-dia, Charlie – cumprimentou Neil.

– Bom-dia – cumprimentou Kate.

– Dormiram bem? – perguntou Charlie.

– Sim – respondeu o irmão.

– Muito bem e você? – perguntou a menina.

Hora do Espanto

– Sonhei de novo – respondeu Charlie.

– Qual a notícia ruim? – indagou Kate, despejando leite nos cereais.

– Nenhuma novidade, pois repeti o sonho que tive noites atrás – respondeu.

– Ai! – exclamou Neil. – Deve ser horrível sonhar várias vezes a mesma coisa terrível.

– É sim – respondeu Charlie. – Mas encontrei algo novo que não é nada bom.

– O que foi? – perguntou Kate.

– Ouçam o que vou contar a vocês – ele disse.

Em seguida, contou aos irmãos a respeito do sonho que teve, especialmente a parte referente à foto e ao nome.

– Sabem o que é mesmo muito estranho? – perguntou. – Eu disse a vocês que o cara barbudo, Oates, parecia familiar.

– Sim – disse Neil.

– Bem, ele ainda parece familiar, mas ainda não posso explicar o motivo – continuou Charlie.

– O que você quer dizer com isso? – perguntou Kate. – Ele pareceu familiar por causa da foto na parede, que foi onde você o viu antes.

– Essa é a questão, ele não parece familiar por causa do retrato, eu já vi esse rosto em algum outro lugar antes, mas não consigo lembrar onde.

O Escritor Fantasma

Kate e Neil refletiram sobre isso por um tempo antes que Neil dissesse:

— Espero que você se lembre, Charlie, para o seu próprio bem!

Capítulo 12

Uma Descoberta
Aterradora

Os jovens saíram para a escola às oito e meia e chegaram cinco para as nove, cinco minutos antes da chamada. As salas de Kate e Neil ficavam de um lado do corredor, mas a de Charlie não, então ele os deixou assim que entraram no prédio.

Quando a aula começou, ele foi até seu grupo de amigos e começou a conversar com eles. Falaram por alguns minutos a respeito do fim do trimestre e o que tinham feito, antes de o sinal tocar e eles sentarem-se prontos para a chamada. Dez minutos depois, Charlie foi para a primeira aula, que era a de Matemática. Depois ele teria Inglês, Geografia e Artes.

Depois do almoço, houve uma assembleia na escola. Charlie estava bem na frente do saguão com alguns amigos. Normalmente, ele sentava no fundo, mas naquela semana a arrumação das cadeiras tinha mudado. Um professor apareceu na frente do saguão e tentou atrair a atenção de todos. Por fim, depois de encerradas as últimas conversas, o diretor entrou e ficou de pé, na frente de todos, com as mãos firmemen-

O Escritor Fantasma

te apertando a beirada do púlpito. O diretor falou em um tom grave e pronunciou cada sílaba com precisão.

O diretor parecia nunca sorrir ou se alegrar quando estava na escola, embora Charlie tivesse ouvido rumores a respeito dele ter sorrido uma vez. Mas ele não acreditou nos boatos.

Desde que havia entrado na escola, Charlie de fato nunca o tinha visto de perto. O diretor parecia manter-se distante dos alunos e, na verdade, ele nunca era visto circulando pela escola, a não ser quando se dirigia a todos os alunos. Charlie nunca tinha, realmente, reparado no rosto do diretor muito bem, pelo fato de normalmente sentar-se no fundo. Agora, Charlie podia ver o diretor bem de perto.

O homem tinha traços estreitos, esqueléticos, o cabelo castanho e o queixo barbeado. Seus lábios eram muito finos, quase a ponto de não existirem.

Conforme o diretor enveredou no assunto da semana, a falta de disciplina nas escolas nos dias de hoje, Charlie teve uma sensação assombrada. O rosto do diretor, a voz dele, ambas as coisas o incomodavam, atingiam algo que Charlie não compreendia bem o que era.

De repente, ele entendeu. A revelação veio, como se um interruptor fosse ligado em seu cérebro. Ele não acreditaria naquilo antes porque pareceria muito ridículo, mas agora estava à vontade para fazer a ligação.

Hora do Espanto

O diretor era Edward P. Oates, o antigo diretor.

Charlie franziu as sobrancelhas. O diretor não usava mais a barba, mas parecia ter a mesma idade que a pessoa do sonho. Não poderia ser.

Será que aquilo fazia parte do ritual de magia? Será que o diretor desejava a vida eterna?

Charlie sabia que Edward Oates era um bruxo. Será que isso não teria nada a ver com o diabo? Contavam-se histórias a respeito de gente que vendia a alma em troca dessas coisas. Será que Edward não tinha feito isso?

De repente, um amigo cutucou Charlie:

– Vamos, Charlie – disse o amigo. – Já podemos ir, é hora da aula de Ciências.

– Tudo bem – respondeu Charlie, lançando um último olhar para o diretor antes de deixar o saguão. – Estou indo.

Depois da escola, ele encontrou-se com os irmãos.

– Fala que eu sou louco – disse.

– Você é louco – disse Neil.

– Há, há, Neil, de qualquer modo, pode me chamar de louco – disse ele, percebendo o olhar do irmão. – Mas acho que sei quem o Oates me lembra.

– Quem? – perguntou Kate.

Charlie contou a Kate e Neil a respeito do diretor e como não tinha dúvidas de que estava certo. Quando terminou, Kate disse:

O Escritor Fantasma

– Charlie, essa é a coisa mais estúpida que já ouvi nos últimos tempos.

– Tem certeza, Kate? – perguntou Charlie. – Você está se esquecendo de que está na caça de um fantasma.

Kate suspirou e disse:

– Então, o que vamos fazer agora?

– Vamos voltar rapidinho e dar uma espiada no corredor de fotos.

– Ótimo! – respondeu Kate.

De volta na escola, eles seguiram para o saguão com as fotos de todos os diretores da escola. Ainda havia alunos andando pelo *campus*, então eles foram direto à galeria de fotos. Chegaram à fotografia de Edward e Kate e Neil deram uma boa olhada nela. Depois dessa fotografia, existiam mais outras oito.

– Oh, meu Deus! – exclamou Charlie sem fôlego, quando observou as outras fotografias. – Olhem para eles!

Kate e Neil rapidamente foram olhar de perto as oito fotografias e as observaram com cuidado por instantes, mas não encontraram nada de particularmente fora do comum para eles.

Então, primeiro Neil, e depois Kate, entenderam.

– Não acredito! – gritou Kate, com as palavras escorrendo da boca num ritmo rápido.

Hora do Espanto

– Isso é muito estranho! – disse Neil com a voz trêmula.

– Vocês também conseguem perceber, não é? – perguntou Charlie.

– Claro que sim – respondeu Neil. – Os diretores são todos a mesma pessoa!

– Existem ligeiras diferenças, é óbvio – conjeturou Charlie. – Mas os olhos, ossos da face e os lábios finos desmascaram.

– Estou surpreso que ninguém tenha notado – disse Neil.

– Eu também – disse Charlie. – Mas suponho que foi porque nós examinamos as fotos com cuidado.

– Então isso significa que esses diretores são na verdade apenas o velho Ed.

– As outras fotos antes do Edward são do mesmo homem? – perguntou Kate.

– Não – respondeu Neil. – Edward Oates é o primeiro.

– Quem são as outras pessoas? – perguntou Charlie. – Tenho a impressão de que eles podem apenas ser professores antigos ou algo parecido.

– Nem quero pensar nisso – disse Kate arrepiada.

– Calma – disse Neil com falsa alegria. – Pelo menos isso explica porque todo pessoal antigo é tão estranho. Todos eles são bruxos!

O Escritor Fantasma

– Há, há, Neil, você é mesmo muito engraçado – disse Charlie, sarcástico.

– Gostaria que a gente frequentasse uma escola normal – suspirou Kate. – Nem todas as escolas devem ser como esta.

– E não são mesmo. Nós é que somos uns azarados – respondeu Charlie. – De qualquer forma, vamos voltar para casa agora, estou morrendo de fome!

Capítulo 13

Visitantes Noturnos

De volta à casa, os pais ainda não tinham voltado do trabalho, então eles próprios fizeram um chocolate quente cremoso e espesso, com creme por cima. Para completar, cada um deles pegou uns biscoitos de uma lata e foram para a sala de estar. Colocaram as xícaras na mesa e ligaram a televisão.

Não passava nada de interessante para jovens, então eles sentaram e conversaram por um tempo. Assim, Charlie decidiu trabalhar um pouco mais na história que havia abandonado. O texto extra, que aparecia quando o menino estava com sono, tinha parado desde que os jovens começaram a investigar, então ele ficou surpreso de encontrar uma nova anotação.

Imediatamente, ele a mostrou aos irmãos.

> *O garoto e seus ajudantes corriam perigo, pois o bruxo sabia de tudo e tinha saído para silenciá-los, de modo que eles não contassem para os outros a respeito das ações do bruxo e seus acólitos.*

– O que é um *acólito*? – perguntou Kate.

– Uma espécie de assistente – Charlie disse a ela.

O Escritor Fantasma

– Isso é um aviso – afirmou Charlie.

– Um aviso? – perguntou Neil, surpreso.

– Sim, é óbvio – respondeu Charlie.

– Ah, eu entendi – Neil disse, dando-se conta de repente. – Não sei como deixei passar essa.

– Bem, o que vamos fazer? – perguntou Kate.

– Ficar em casa e tomar cuidado.

– Estou com medo, Charlie – queixou-se a irmã, sem rodeios.

– Calma, nós vamos superar isso – Charlie respondeu.

– É o que espero, é o que espero – disse Kate. – Vamos falar sobre outra coisa.

Mais tarde, às seis horas, os pais dos jovens telefonaram para dizer que demorariam à noite e disseram para os próprios jovens prepararem alguma coisa para jantar. Eles comeram lasanha de micro-ondas, que a mãe sempre deixava no congelador para essas ocasiões. Depois assistiram uma comédia na televisão, antes de irem para a cama cedo, mais uma vez. Logo, todos pegaram no sono, cada qual confortavelmente em sua cama. Desta vez, Charlie não sonhou, mas dormiu de modo intermitente.

De súbito, ele despertou sobressaltado e sentou. Tinha ouvido seu nome sendo chamado. Olhou ao redor, mas nada viu, então lentamente descansou

Hora do Espanto

a cabeça no travesseiro de novo e fechou os olhos. De repente, ouviu a mesma coisa novamente. Sentou outra vez e olhou em volta buscando a origem da voz. O vento soprava nos beirais do lado de fora e o menino escutou com cuidado. Alguém parecia sussurrar o nome dele: – Charlie, Charlie – muitas vezes.

Charlie sorriu largamente para si mesmo e enxugou o suor frio da testa antes de repousar a cabeça no travesseiro novamente.

Charlie franziu as sobrancelhas. Se o vento estivesse soprando, ele ouviria o carvalho batendo na janela. Também conseguiria ver a árvore sacudindo ao luar. Ele sentou novamente e olhou para fora da janela a árvore sossegada. Lentamente seu corpo começou a fervilhar em horror e um arrepio gelado percorreu sua espinha. As palavras em seu bloco de notas voltaram a assustá-lo.

Kate despertou. Sentiu a mão de alguém no rosto. Abriu os olhos, mas não havia ninguém. Chegou à conclusão de que tinha imaginado aquilo e tentou voltar a dormir. De repente, ela sentiu a mesma coisa novamente. Abriu os olhos, nada. Então viu a sombra de uma forma humana no canto e abriu a boca para berrar.

Neil abriu os olhos vagarosamente. Ouviu uma tábua do assoalho ranger. Olhou nessa direção, pois

O Escritor Fantasma

achou que os irmãos talvez estivessem por ali. Ninguém. Fechou os olhos novamente e chegou à conclusão de que deviam ter sido tábuas do assoalho ajeitando-se. De repente, ouviu um som de pés se arrastando do outro lado da cama. Abriu os olhos de novo e olhou na direção do som, mas nada...

No momento de fechar os olhos novamente, ele viu uma sombra na frente da janela e em seguida ouviu um berro forte, vindo do quarto de Kate.

Charlie ia ligar o interruptor de luz ao lado da cama quando ouviu Kate berrar. Ele pulou da cama e correu para fora do quarto.

No corredor, os dois irmãos se encontraram, olharam um para o outro brevemente e foram em direção à porta de Kate, na hora em que esta corria para fora.

Os meninos pararam e arrastaram Kate pelos braços, do corredor ao andar de baixo.

– O que houve de errado, Kate? – perguntou Charlie. – Por que berrou?

– Tinha alguém no meu quarto – respondeu Kate.

– No seu também? – perguntou Neil. – Tinha alguém no meu também!

– E no meu... – disse Charlie.

– Uma pessoa em cada um de nossos quartos! – Neil gritou.

– De onde eles vieram?

Hora do Espanto

– Acho que tem alguma coisa a ver com o aviso – explicou Charlie. – Acho que era bruxaria.

– Você quer dizer que na realidade eles não estavam mesmo ali? – perguntou Kate.

– Acho que não vamos encontrar ninguém se voltarmos lá. Suponho que o Oates esteja de brincadeira conosco.

– Então, o que vamos fazer? – perguntou Kate.

– Impedi-lo.

– Como? – perguntou Neil.

– Vamos para a escola.

– Como, agora? – perguntou Kate.

– Sim, agora.

– Todos nós?

– Sim, é arriscado ficar aqui se o cara está usando magia negra. Precisamos reunir todas as pessoas que pudermos para detê-lo.

– Estou com você – disse Neil.

– Eu também – disse Kate.

– Então, vamos! – exclamou Charlie.

Capítulo 14

Uma Visita à Escola

– Charlie? – perguntou Kate.

– O que foi? – respondeu Charlie.

– Precisamos de roupas para vestir na escola.

– Bem lembrado – disse Charlie pensativo. – Se você quiser, vou no andar de cima, pego nossas roupas e volto direto, rapidinho.

– Também vou – disse Neil.

– Não – respondeu Charlie –, você fica aqui com a Kate.

– Se você prefere – Neil disse, em dúvida.

– Olhe, vou ficar bem! – Charlie disse a ele. – Enquanto eu estiver no andar de cima, vocês dois encontrem coisas que vamos precisar e que podem nos ajudar, como lanternas.

– Tudo bem, Charlie – disse a menina. – Tome cuidado.

– Só estou indo ao andar de cima – disse Charlie sobre os ombros quando pisou no primeiro degrau. A escada rangeu agourenta.

– Isso não é nada, nada vai acontecer.

Charlie continuou a subir a escada cauteloso até chegar ao topo. Pressionou o interruptor de luz. Clic! Nada. Clic! Clic!

Hora do Espanto

Ele não deu muita importância e prosseguiu lentamente pelo corredor. Tentava convencer a si mesmo que a lâmpada provavelmente estava queimada e que ali não havia nada fantasmagórico, mas nem mesmo ele se achou muito convincente.

Ele entrou em seu quarto e pressionou o interruptor de luz. De novo, nada. Houve um clarão azul brilhante na janela e em seguida um estrondo medonho, que pareceu sacudir a casa até as próprias fundações. Charlie deu um pulo com o susto e em seguida forçou a si mesmo a relaxar.

"Relâmpagos e trovões, é só isso" – ele disse a si mesmo conforme apanhava as roupas e corria para o quarto de Kate. Pegou as roupas na cadeira onde ela as deixara quando outro raio relampejou lá fora, seguido de outro forte estrondo de trovão. Ele foi ao quarto de Neil e pegou a calça jeans, o pulôver e a camiseta dele. Ao pegar a camiseta, olhou para a janela. Cortinas finas estavam puxadas sobre a janela, mas ainda assim Charlie podia ver o clarão azul do relâmpago por entre elas. Dois relâmpagos brilharam, seguidos quase imediatamente por estrondos de trovões. Então um terceiro brilhou, iluminando uma figura na sombra. A janela ficou no escuro de novo quase imediatamente, antes de ser iluminada mais uma vez pelo clarão. Não havia nada ali.

O Escritor Fantasma

Charlie virou e correu em direção à porta, segurando as roupas. A figura estava no vão da porta, com as mãos estendidas. Charlie investiu contra ela e deu-lhe uma cabeçada ao mesmo tempo. Conforme a figura caiu para trás, Charlie chutou suas pernas e desceu a escada correndo. A figura praguejou quando rolou pelo chão. Os relâmpagos piscaram, uma vez, duas vezes, três vezes e a figura sumiu.

No andar térreo, Kate e Neil esperavam na cozinha.

– O que será que está acontecendo com Charlie? – pensou Neil em voz alta.

– Eu não sei – respondeu Kate.

De repente, houve uma pancada no andar de cima; depois, passos rápidos ecoaram nos degraus da escada. Charlie surgiu e caiu sobre a mesa ofegante.

– Aqui – disse ele, respirando com dificuldade – estão suas roupas, coloquem-nas depressa e vamos embora.

– O que aconteceu? – perguntou Kate preocupada. – O que foi todo esse barulho?

– Eu vi um homem na janela e na porta, ele tentou me pegar – respondeu Charlie, recuperando-se um pouco.

– Devemos sair o mais rápido possível – disse Neil conforme vestiu a calça jeans.

Hora do Espanto

– Bem, estou pronta – disse Kate.

– E eu também – disse Charlie conforme colocou o suéter pela cabeça. – Vamos, Neil.

– Estou pronto – ele respondeu.

Os jovens se agacharam em direção à porta da frente.

Conforme passaram pelo guarda-louça do saguão a caminho da porta, Neil parou e o abriu. Ele revistou o que havia dentro até retirar para fora um bastão de beisebol.

– Vou ver se eu consigo descobrir outro – cochichou para Charlie.

– Sem sorte? – perguntou Charlie em um tom de voz apagado.

– Espere – respondeu Neil. E mais uma vez começou a revistar o guarda-louça até encontrar outro bastão.

– Acho que ainda tem mais um – disse Neil conforme passava o bastão para Charlie. – Ah, aqui está!

Passou o bastão para Kate que o pegou e procurou sentir seu peso com as mãos.

– Obrigada, Neil – ela respondeu. – Era exatamente o que eu precisava para combater os poderes das trevas.

– Pelo menos já é alguma coisa – disse Neil. – É melhor que nada.

O Escritor Fantasma

– Vamos, vocês dois – Charlie disse, empurrando-os para frente.

Os jovens alcançaram a porta da frente, colocaram os sapatos e lentamente saíram. Caminharam, na chuva, pela trilha do jardim, e abriram o portão, que rangeu ruidosamente quando abriu. Os jovens estremeceram.

– Vamos – cochichou Charlie conforme eles saíam em fila pela entrada. – Mãos à obra!

Os jovens rapidamente correram pela rua em direção à escola, sondando furtivamente à direita e à esquerda, em alerta máximo para qualquer coisa fora do comum.

Em pouco tempo, chegaram à escola e subiram por uma brecha na cerca situada no meio do campo do colégio. O campo estava lamacento com a chuva e, em alguns lugares, a lama tinha virado poças líquidas. Os jovens escorregaram e deslizaram sobre o campo, pois os sapatos não seguravam absolutamente nada.

Finalmente, eles alcançaram o pátio e pegaram o caminho do prédio velho da escola. Caminharam ao longo da parede, testando as janelas para ver se alguma abria. Depois de cerca de três minutos, encontraram uma. Ela tremeu só de abrir e os jovens rapidamente subiram, um depois do outro, cada um

Hora do Espanto

manejando sua arma. Assim que entraram, esguei-raram-se silenciosamente por filas de carteiras antes de chegarem à porta. Charlie abriu-a em um segundo e eles seguiram em fila indiana.

– Sigam-me e fiquem perto da parede – cochichou Charlie para os irmãos.

– Tudo bem – responderam juntos.

O prédio estava em completo silêncio, exceto pelo som dos passos abafados dos jovens, que só podiam ser ouvidos se prestasse bastante atenção.

Conforme se aproximaram da sala, eles começaram a ver uma pálida luz amarela tremulante. Quando alcançaram a porta, descobriram que a luz vinha de dentro e brilhava pelo painel de vidro na metade superior da porta. A luz escurecia de vez em quando, conforme uma pessoa dentro da sala passava pela fonte de luz.

Um fraco murmúrio podia ser ouvido de dentro da sala, bem como uma voz ligeiramente mais alta que o resto. Parecia que estavam cantando algo. Viam-se vários clarões brilhantes e um estranho estalido; um som de chocalho era ouvido, o qual lentamente enfraquecia, deixando só o murmúrio e o cântico novamente.

Charlie fez sinal para que os irmãos ficassem onde estavam e lentamente moveu-se para frente, para que pudesse sondar pelo vidro.

O Escritor Fantasma

Lá dentro encontrou a cena do sonho, do jeito como se lembrava. Eram velas amarelas e grossas e um pentagrama no chão, com uma figura encapuzada e paramentada em cada canto, e lá estava a sexta figura, o diretor.

Dentro do pentagrama, de repente, algumas faíscas começaram a aparecer, faíscas brancas que lentamente multiplicaram-se até que surgiu uma ardente coluna de luz branca brilhante, faiscando. Uma luz azul brilhou subitamente no centro da coluna.

O diretor ergueu as mãos acima da cabeça e cantou algo em voz alta. Uma imagem lentamente começou a se formar dentro da coluna de luz e Charlie começou a reparar em três figuras. Duas rastejavam perto uma da outra e uma terceira inclinava-se para frente, sondando algo.

Eram eles, Charlie de repente percebeu, a imagem era dele, do irmão e da irmã rastejando no corredor.

Charlie disse para Neil:

– Certo, vamos entrar, eles nos descobriram!

– Fique aí, Kate – disse Neil.

– De jeito nenhum, vou entrar.

– Não, não, é muito perigoso.

– Não importa – ela respondeu.

– Agora – gritou Charlie.

Ele escancarou a porta e entrou, seguido pelo irmão e a irmã, que tinha decidido ir apesar do aviso

Hora do Espanto

de Neil. Charlie correu para uma das figuras e empurrou-a no meio do pentagrama. A figura virou de costas antes de desaparecer com um clarão de luz.

Neil, porém, bateu na cabeça de uma das figuras com seu bastão. A figura cambaleou para frente antes de desmaiar no chão, inconsciente. Kate também tinha batido em alguém com o bastão dela. A figura tropeçou um pouco e caiu, com o capuz caindo da cabeça. Essa figura era uma mulher. Kate reconheceu-a imediatamente. Era a senhora Briggs, chefe do departamento de Matemática.

— Torci o tornozelo — ela gritou.

— Meu Deus, o que vocês estão fazendo? — exclamou Kate — Por que estão fazendo isso?

A senhora Briggs levantou os olhos para Kate com raiva no rosto.

— Kate, o que vocês estão fazendo aqui, o que estão fazendo é contra as normas da escola!

— E o que vocês fazem não é? — perguntou Kate com nojo, antes de virar e atingir na cintura alguém que queria agarrá-la. A pessoa desabou no chão, debatendo-se em agonia.

Por sua vez, Charlie tinha batido em alguém com uma cadeira, pois havia perdido seu bastão na coluna de luz. A pessoa em quem bateu apenas cambaleou para trás, até a parede, e escorregou.

O Escritor Fantasma

Durante todo esse tempo, o diretor tinha permanecido calmo. Agora, ele ergueu sua mão direita no ar e murmurou algo. Fogo sulfuroso irrompeu das pontas de seus dedos e subiu em espiral na direção de Neil. Ele levantou seu bastão de beisebol e se protegeu. O bastão queimou instantaneamente e virou cinzas.

– Ai! – gritou Neil, pulando atrás da mesa do professor na frente da sala de aula.

Kate correu em direção ao diretor com o bastão erguido. O diretor levantou uma sobrancelha. Ela foi levantada na ponta dos pés e dependurada à meia altura na parede oposta. O diretor gargalhou e olhou em volta à procura de Charlie, que tinha acabado de escapar pela porta afora. Um rastro de fogo amarelo o seguiu e explodiu contra a parede do corredor, deixando um círculo vermelho quente que brilhava e rolava na pintura da parede.

– Eu vou pegar você depois, garoto toonntooo – sibilou o diretor em um tom de voz ameaçador, diferente de qualquer ser humano.

Furtivamente, Neil abriu as gavetas, atrás da mesa do professor, em busca de qualquer coisa. Ele arrancou fora uma gaveta e a arremessou sobre a mesa com a triste esperança de atingir o alucinado diretor. E conseguiu, com um pesado baque que deixou o diretor atordoado, mas, infelizmente, não o parou,

Hora do Espanto

nem o feriu. O diretor levantou a mão para lançar outra bola de fogo, desta vez na mesa do professor. A bola de fogo rasgou o ar, com o terrível barulho de um chiado crepitante. Desta vez, a bola de fogo era uma bola redonda, de cor azul. Ela bateu na mesa e banhou-a em uma leve e azulada bolha de luz, que se encolheu até envolvê-la. Neil saiu bem a tempo. Todas as beiradas e os cantos da mesa se tornaram realçadas com linhas finas de uma cor laranja deslumbrante, antes de toda ela explodir com uma força poderosíssima, que arremessou Neil contra a parede, abatendo-o inconsciente. O diretor deixou Neil desfalecido e saiu da sala em busca de Charlie.

Charlie, porém, estava a caminho da seção de Ciências da escola. Ele atirou-se na primeira sala de Ciências que viu e foi até a fileira de armários no canto. Abriu-os um por um, mas eles continham apenas suportes, frascos cônicos e outras coisas como essas.

– Droga – exclamou Charlie. – Eles estão na sala de preparação.

Então, saiu imediatamente e seguiu o caminho da sala de preparação no final do corredor.

A sala ficou quieta por um momento, com os armários de portas abertas. Uma delas continuou balançando levemente onde Charlie tinha aberto na pressa. Na parede em frente, uma forma começou a

O Escritor Fantasma

surgir no reboco. Tinha o formato de um rosto. Um rosto gigante. O rosto começou a tomar a forma do diretor, mas era totalmente branco. De repente, os olhos se tornaram reais e olharam em volta da sala. A cabeça alongava-se na parede conforme examinava à direita e à esquerda antes de sumir de volta dentro do reboco, até nada mais aparecer, exceto a parede branca, clara, lisa.

O diretor seguiu de tocaia ao longo do corredor e a escuridão não representou nenhum empecilho para que ele perseguisse Charlie. O homem fechou os olhos por um momento, murmurou, e em seguida abriu-os novamente. Os olhos pareciam ver outras coisas que não as que estavam diante dele. Ele virou a cabeça para a esquerda e em seguida para a direita, como se estivesse sondando ao redor de si mesmo, antes de fechar os olhos e murmurar mais algumas palavras. Abriu os olhos novamente e dessa vez eles estavam normais.

– Então é só disso que ele é capaz? – murmurou o diretor com sua voz desumana. – Mas que innnteresssante.

E os olhos do diretor brilharam no escuro. Brilharam amarelos.

Charlie atirou-se para dentro da sala de preparação quase em pânico. Tinha perdido tempo demais e sabia disso. Vasculhou as gavetas em volta, procuran-

Hora do Espanto

do produtos químicos. Em uma gaveta encontrou um pote com um pó azul, cobre ou algo parecido. Não tinha tempo para olhar. Rapidamente abriu outras gavetas, até achar o que procurava, potássio.

Pelo que ele se lembrava das aulas de Ciências, o potássio era muito reativo com a água e o ar, e por essa razão geralmente era guardado em querosene. Se Charlie usasse o que estava naquela gaveta, poderia derrotar o diretor.

Ele percebeu, fora da gaveta, dez jarros cheios de querosene com torrões de potássio no fundo de cada um. Apressado, o menino destampou os jarros e pegou algumas pinças. Em seguida, ele pegou cada torrão e transferiu para um único jarro. Chegou à conclusão de que devia ter juntado cerca de meio quilo ao todo. Seria suficiente? Achou que sim. Ele encheu uma cuba de água e colocou-a no chão do corredor bem no vão da porta. Em seguida, Charlie encheu um balde com água e cobriu o chão por cautela, apenas no caso das coisas darem errado e de ele precisar de toda água possível para reagir com o potássio.

Ele sabia que estava trabalhando em uma tentativa com pouca possibilidade de sucesso, mas precisava, de qualquer modo, tentar algo que fizesse o louco diretor parar de persegui-lo. Gostaria de saber se os irmãos estavam se saindo bem e desejou que o diretor tivesse seguido somente ele e os deixado em paz.

O Escritor Fantasma

De repente, Charlie ouviu o som de pés arrastando-se no corredor. Ele segurava o jarro aberto na mão e rezava silenciosamente para si mesmo. Desejou que alguém escutasse suas preces.

Houve um esguicho e um palavrão, e o arrastar dos pés parou. Charlie pulou fora da sala de preparação e despejou o potássio dentro da cuba de água em que o diretor enfiara o pé, com ameaçadores olhos amarelos ardentes.

– Adeus, senhor! – caçoou Charlie e correu para longe, pelo corredor, quando o potássio ferozmente queimou na água. O manto do diretor se incendiou e logo ele tinha se tornado uma bola de fogo humana. Só que o diretor não era humano. Ele poderia um dia ter sido, mas não agora. Não, agora ele era o próprio diabo em pessoa. "Muito bem" – disse Charlie para si mesmo perturbadoramente. "Espero que aproveite o fogo de que tanto gosta". Escutou um grito ensurdecedor por trás dele. Charlie virou e exclamou sem fôlego. O diretor crescia, crescia, ficava cada vez maior. O manto dele rasgou, revelando um tronco vermelho brilhante. O diretor mostrava garras e sua cabeça se tornou distorcida e feia. Seu corpo inteiro era uma chama vermelha.

– Eu vouuu pegaaar vocêêê, Charrrlieee! – berrou o diretor furioso, caminhando pelos destroços chamuscados do corredor.

Hora do Espanto

As chamas lamberam o teto e logo o calor ficou insuportável. Charlie correu e correu, enquanto bolas de fogo passavam zunindo por ele, arremessadas pelo demônio enfurecido que o diretor tinha se tornado. O diretor gargalhou loucamente, bêbado de ira. Suas costas, que agora eram muito largas, arranharam ao longo das paredes do corredor, deixando longas marcas pelo caminho.

Charlie alcançou a porta e tinha acabado de passar por ela quando um raio de fogo verde escuro explodiu violentamente contra ele, derretendo o painel de vidro e pulverizando a madeira.

Ele berrou e correu para outra porta, para o lado de fora. Correu como o vento pelo pátio do recreio da escola, sentindo-se muito desprotegido. Ele só queria descobrir algo, alguma coisa para combater aquele louco. De repente, Charlie cambaleou, tropeçou e, em seguida, cambaleou novamente. Quando caiu, rodopiou e viu o demônio com ar dominador em cima dele e sua ira ardendo nos olhos. Longas lâminas negras se estendiam das mãos chamuscadas do demônio.

– Voocêêê nããooo vaaiii moorrreeerrr deepreeesssaaaa! – o demônio uivou. – Vaaiii moorrreeerrr leentaaameeenteee!

Charlie fechou os olhos achando que seria pela última vez e tentou pensar em uma última coisa para dizer antes de morrer, algo heroico, mas não conseguiu.

O Escritor Fantasma

– AAARRRGGGHH! – o demônio berrou de repente.

Charlie abriu os olhos e viu quando o demônio olhou para baixo, para ele, e em seguida virou totalmente para enfrentar Neil. Charlie podia ver Neil através do demônio. O demônio lentamente desapareceu. O antigo diretor tentou atacar Neil, mas sua mão apontou inofensiva para ele. O diretor tentou um feitiço, mas tudo que aconteceu foi um sopro de fumaça saindo das pontas de seus dedos. Ele olhou para eles incrédulo e em seguida olhou para Neil.

– Ccooomo vooccêêê ssaabbbiiaaa? – perguntou.

– Encontrei o contrato em sua mesa – respondeu Neil.

O demônio suspirou e em seguida, lentamente, recolheu-se de volta à forma de diretor uma vez mais. O diretor estava quase completamente transparente, mas ainda fez uma ameaça final:

– Aguarde a minha volta, eu vou voltar! – bradou antes de desaparecer. Charlie olhou para Neil, que devolveu o olhar para o irmão mais velho.

– Vamos – disse Neil, levantando Charlie. – Vamos encontrar a Kate e voltar para casa.

Capítulo 15
O Sonho Final

Charlie despertou ao sentir o sol morno do outono explodindo em sua janela, vindo do lado de fora. Charlie sorriu e se virou, com os olhos ainda fechados. Ficou deitado por uns minutos, meio acordado, meio sonolento. De repente, abriu os olhos e toda a noite anterior manifestou-se para ele em retrospecto.

Eles encontraram Kate na sala de aula onde a deixaram. Exceto por alguns machucados, estava tudo bem com ela, que estava saindo para procurar os irmãos quando Charlie e Neil chegaram. As figuras encapuzadas remanescentes, que Charlie só conseguiu supor que seriam antigos professores, tinham sumido todas, assim como o pilar de luz faiscante. Conforme os jovens olharam para o pentagrama, o mesmo também enfraqueceu. Eles se entreolharam.

– Está tudo bem com você? – perguntou Charlie, fingindo não ter notado.

– Está tudo bem, só estou um pouco chocada e confusa, só isso.

– Fico feliz!

– Charlie? – disse Kate.

– Sim?

O Escritor Fantasma

– Nós vencemos?

– Sim.

– Como?

– Pergunte ao Neil.

– Neil?

Ambos olharam para Neil.

– Eu também estava esperando para fazer a mesma pergunta – Charlie disse a ela. – Mas ele ainda não me contou nada.

– Prossiga, Neil! – Kate disse. – Por favor.

– Tudo bem, tudo bem, eu ia fazer isso, mas queria contar para os dois.

– Bem, estou escutando – disse Charlie.

– Sou toda ouvidos – disse Kate.

Neil contou a eles que o diretor achou que ele estava morto. E que ele se recuperou momentos depois. Procurou a sala do gabinete do diretor, onde entrou em busca de algo que pudesse detê-lo, vasculhando as gavetas da mesa e o armário. Então, descobriu uma antiga caixa de madeira, olhou dentro e encontrou um documento: o *contrato*. Assinado em sangue. O sangue do diretor.

– E o que o contrato dizia? – perguntou Kate ansiosa, sentada na beirada da cadeira.

– Dizia... – começou Neil, pegando uma folha de papel do bolso. – Bem, vocês vão ler e descobrir.

Os dois irmãos apanharam o papel e leram as palavras, juntos:

Hora do Espanto

Eu, Edward Peter Oates, por este meio, juro que, no dia de hoje, vou partir com o meu espírito etéreo, para me entregar ao príncipe das trevas, senhor dos infernos. Em troca disso, ele vai garantir que eu seja agraciado com a vida eterna, a menos que uma das situações a seguir ocorra. Se qualquer uma dessas situações ocorrer, o príncipe das trevas, senhor dos infernos, será agraciado com o direito de se apropriar da alma de Edward Peter Oates, a minha alma, sem jamais me agraciar com a vida eterna. Além disso, se uma das seguintes situações ocorrer, a minha existência nas terras dos viventes estará terminada, e eu, Edward Peter Oates, não mais existirei e nenhum mortal jamais se lembrará de mim. São estas as situações pelas quais o contrato será quebrado: se eu, Edward Peter Oates, tentar a anulação do contrato depois do ato de assinatura por qualquer meio; se eu, Edward Peter Oates, tentar impedir que a transação ocorra no tempo estabelecido; se eu, Edward Peter Oates, entrar em contato com o feitiço contido no frasco de vidro, depositado na mesma caixa deste contrato. Se eu jamais entrar em contato com isso, se as condições anteriores forem obedecidas, conforme exigido pelo príncipe das trevas, senhor dos

O Escritor Fantasma

infernos, então esse contrato é tão justo para ele, como é para mim.

Assinado: Edward P. Oates.

Assinado: P. das T., S. dos I.

– Uau! – exclamou Charlie. – Parabéns Neil.

– Você fez a coisa certa – disse Kate.

– Bem – concordou Neil modestamente –, eu não teria feito nada se o Charlie não tivesse afastado o cara do caminho enquanto eu fazia a pesquisa. Não foi nada, mesmo.

Os jovens foram para casa jubilosos e subiram a escada para o andar de cima em silêncio. Eles estavam exaustos depois daquela aventura e tudo o que desejavam fazer era ir para a cama.

Naquela noite, Charlie não sonhou seu sonho normal, mas um outro, relacionado.

Ele estava sentado na sala de jantar, no banco embutido sob a janela, quando alguém veio pela porta. Charlie olhou em volta e viu um homem com uma boina e jaqueta de lã caminhar em direção a ele. O homem tinha o cabelo ensebado, espetado em ângulos malucos debaixo do chapéu. Charlie sabia quem ele era.

– Olá – disse Charlie.

– Olá – respondeu o homem em um tom de voz bem-educado, que não parecia combinar com sua roupa. O homem prosseguiu:

Hora do Espanto

– Eu queria apenas agradecer a você pelo que você, seu irmão e sua irmã fizeram. Sem vocês, eu teria que existir para sempre neste local assombrado, mas agora eu estou livre. Não sei bem o que vai acontecer em seguida, mas não pode ser pior que a solidão que sofri desde que fui morto por ele.

– O contrato disse que o diretor nunca teria existido – disse Charlie. – O que isso quer dizer?

– Não sei – respondeu, com sinceridade, o homem. – Mas talvez signifique que eu jamais fui assassinado e que agora vou viver a minha vida plenamente.

– É o que espero – disse Charlie.

– Mas, se isso acontecer – disse o homem –, vocês não podem viver aqui.

– Venda a casa, então – disse Charlie.

– Você tem toda razão – disse o homem. – Nesse caso, vocês podem ter um novo cômodo na cozinha. Amanhã, se eu fosse vocês, eu daria uma olhada atrás dessas prateleiras novamente.

– Você acha? – perguntou Charlie.

– Com certeza! – respondeu o homem, antes de dizer, de repente: – Meu Deus! O que está acontecendo?

Ele estava começando a ficar transparente, como o diretor, e em seguida foi sumindo, mas não antes de dizer em um tom de voz cada vez mais enfraquecido:

– Obrigado, Charlie, muito obrigado. Vou tentar não esquecer vocês três.

O Escritor Fantasma

– Qual é o seu nome? – perguntou Charlie, de repente. – Jamais soubemos qual era o seu nome!

– Robert, Robert Eves.

E em seguida sumiu.

*　　*　　*

Oitenta e cinco anos antes:

Robert despertou sobressaltado. Mas que sonho horrível, embora com um final feliz. Ele queria anotá-lo, pois daria uma boa história. Sentou em seu lugar no banco embutido sob a janela e olhou para o lado de fora. Pela trilha do caminho o carteiro caminhava, carregando apenas uma carta. Robert foi até a porta, cumprimentou o carteiro e pegou a carta. Então, foi para a cozinha, sentou-se na mesa e abriu a carta com uma faca. Dentro dela havia alguns papéis com o emblema da escola no cabeçalho. Ele leu:

> *Parabéns pela sua promoção ao cargo de diretor, senhor Eves, uma tarefa para a qual eu tenho certeza de que está bem preparado para executar. Você terá um aumento de salário de...*

Robert sentou de volta em sua cadeira com um sorriso triunfal no rosto. Então ele tinha conseguido o cargo em vez do senhor Oates... "Esperem!" – ele pensou. "Senhor Oates? Quem era o senhor Oates?"

*　　*　　*

Hora do Espanto

Oitenta e cinco anos no futuro:

Charlie levantou sentindo-se ótimo. De fato, pensou que nunca tinha se sentido melhor. Entrou no quarto de Neil para acordá-lo para irem à escola, em seguida foi ao quarto de Kate para despertá-la. Eles desceram para a cozinha, no andar de baixo, uniformizados como estudantes e sentaram-se na mesa da cozinha.

– Não posso acreditar que a última noite tenha mesmo acontecido – disse Charlie.

– Nem eu – disse Neil.

– Ainda tive mais um sonho – continuou Charlie.

Neil respirou fundo:

– Então a coisa não teve um fim? – perguntou.

– Ora, está tudo bem! E o professor, Robert Eves era o nome dele, até nos agradeceu pelo que fizemos.

Kate suspirou e perguntou:

– Então o que aconteceu?

– Vou contar tudo a vocês... – disse Charlie.

E contou!